KB017074

진심,
제주!

진심, 제주!

한 걸음 더

제주 생활 문화 산책

이영재 지음

모요사

한 겹을 열며

제주라는 섬에서 뿌리내리고 살아간 세월이 20년. 낯선 곳에 그다지 거부감을 느끼지 않는 천성이 그 귀한 시간을 선사해 주었다.

어느 곳을 둘러봐도 신기하기만 했던 공간과 사람들이 이젠 나의 앞마당이 되었고 동반자가 되었다. 피상적으로 훑어 내릴 수밖에 없었던 제주의 모습에서, 이제는 껍질 속의 숨겨진 이야기들을 끄집어낼 수 있게 됐다는 사실이 꿈같이 느껴질 뿐이다.

코로나19의 여파로 해외로 날아갈 여행자들이 제주로 몰려들었다. 호시절에도 위기의 시간에도 제주는 최후의 보루임에 틀림없다. 너무나도 효율적이고 감성적인 제주 안내서가 지천인 세상이다. 제주의 모든 정보는 현미경으로 들여다보듯 상세하게 분석돼 검색자에게 제공되고 있다. 마음만 먹으면 현지인의 라이프스타일 그대로 살아볼 수 있을 정도다.

이 책은 여행 안내서로는 부족할지 모른다. 소금 결정처럼 응어리져 박혀 있던 덩어리가 제주의 공간을 만나 솟아 나온 결과물일 뿐이다. 명소들을 구체적으로 소개하는 것엔 미흡할지라도 제주의 땅과 바다가 속삭이는 '한 겹 뒤'의 이야기들만큼은 전달할 수 있을 것이라 믿는다.

솜씨 좋은 단막의 에세이가 넘쳐나는 이 시대에 아무나 중일인이 제 능력에 비해 넘치는 내용을 내놓는 것 같은 불안함이 스며든다. 토마스 만의 "작가란 누구보다 글쓰기를 더 힘들어하는 사람"이라는 명언에 기대어 불안함을 지워버리려 한다. 힘들게 여기까지 걸어왔으니 내보이지도 않고 포기할 수는 없는 일 아닌가.

개인적으로 풀어놓는 제주의 속 깊은 이야기들이 당신과 공명할 수 있기를 바란다. 공원의 벤치에 앉아보자. 앞만 보고 달려온 당신과 내가, 보석처럼 숨어 있는 제주의 속살에 대해 멋지고도 아련한 이야기를 나누기 시작하는 것이다.

한 겹 뒤 제주는 얼마나 황홀할 것인가.

준비가 되셨는지.

생수 한 통은 챙기시는 편이 좋겠다.

여기는 제주다.

차례

인명 가멍
(인여 가며)

애월에 뜨는 달은

제주시 애월읍

"애월 어때, 애월. 핫하다며?"

"그래, 나도 들었어. 애월로 가지 뭐."

단톡방을 보니 난감했다. 애월 어디로 가자는 건지. 오랜만에 재회할 서울 촌놈들의 요구는 단호했다. 이해가 안 되는 것은 아니었다. 정신 줄 놓고 살다가 갑자기 제주에 갈 좋은 기회가 생겼는데, TV와 SNS에서 애월의 명소가 소개되고 많은 연예인이 살고 있는 곳이 애월이라고 하니 호기심이 생길 법도 했다.

지금은 동쪽으로 이사 간 이효리 씨에게 고마운 마음이 크다. 속물로 보이긴 하겠지만 그녀 덕분에 땅값도 제법 올랐고, 주변에 힙한 레스토랑도 많이 생겨 그럴싸한 외식도 가끔 하게 됐으니 말이다. 몇 년 사이에 많은 것이 바뀐 건 사실이다. 단순히 마을의 외양뿐 아니라 '애월'이라는, 온몸이 축 늘어질 듯 감성적인 이곳의 지명도도 그렇다.

"애월 어디로 가자는 건데? 꽤 넓어, 애월은. 중산간 쪽인지 바다 쪽인지 콕 집어 말해봐."

제주공항으로 녀석들을 마중 가는 차 안에서 살짝 짜증 섞인 나의 질문이 이어진다.

대부분은 바다로 가자고 한다. 하긴 남국의 바다를 보는 게 그들에겐 흔한 일일 리 없다. 다만 제주의 다른 지역과 달리 애월 바닷가는 꽤 터프하다는 걸 염두에 둬야 한다. 한없이 평화로운, 드론으로 촬영한 에메랄드빛 감성만을 안겨주는 곳은 아니라는 말이다. 유독 절벽에 맞닿은 구간이 많은 애월의 해안도로에서는 여지없이 '짙'푸른 바다가 지척에 있다. 현무암을 때리며 부서지는 흰 포말과 어두운 심연이 공포심마저 불러일으키는 짙푸른 바다.

숨 막히는 도심에서 제주의 풍경으로 친구들을 데리고 가면 이후의 접대는 그리 어려울 게 없을 것이다. 그들은 이미 탐라의 정취를 온몸으로 흡수해버리겠다는 듯 엔도르핀이 완충돼 있을 테니 말이다. 뷰가 만족스러운 카페에서 커피 한 잔을 하고 드라이브를 한 뒤 저녁으로 회를 먹는 스케줄을 잡으면 별점 다

비행기에서 내려다본 제주 섬.

섯 개를 주겠다는 찬사를 보낼 게 뻔하다. 녀석들이 섬에 도착하면 가볍게 시작해볼 것이다. 애월에서의 커피 한 잔으로.

제주 섬을 향해 하강하는 비행기의 창문은 누구에게나 훌륭한 액자가 되어준다. 친구들이 고개를 모아 하늘에서 내려다볼 제주의 장관이 내 눈에도 오롯이 그려진다. 고도를 낮추자 허물을 벗는 듯 섬의 자태가 점점 또렷이 드러난다. 시야가 좋은 날, 비행기의 자그마한 창 너머로 보이는 제주의 모습은 그야말로 치명적이다. 며칠간 섬의 모든 것을 만끽할 작정인 여행자들에게 하늘에서 내려다보는 풍경은 여행의 진정한 첫 페이지와 다름없다.

땅에 내려서 바라보는 제주보다 하늘에서 조망하는 제주가 더 매력적인 것은, 항공 뷰라는 벅참에 더해 색감의 조화와 대비를 직관적으로 포착할 수 있기 때문이다. 바다와 섬의 경계면에서 느껴지는 깊은 푸름과 흑갈색의 대비, 더불어 짙은 초록의 밭과 그 밭을 둘러싸고 있는 돌담의 검은 윤기는 이국적인 색채의 어우러짐을 펼쳐내 보인다. 이것을 단지 보색의 효과라고만 하기엔 못내 아쉽다.

바다와 뭍 사이엔 세월을 품은 현무암의 무더기가 해녀들의 사투와 안식의 공간을 가르고 있고, 초록의 밭과 검은 돌담의 경계에선 제주인의 운명이 교차해왔다. 마을을 포근히 감싸고 있는 오름의 갈색 초입엔 조상을 모시는 산담(무덤 주위를 둘러

쌓은 돌담)의 검은빛이 유독 시선을 잡아끈다. 삶과 죽음, 그리고 자연이 한 공간에서 자연스럽게 순환하며 제주의 풍경을 만들고 있다.

언젠가부터 애월 한담해변의 카페 거리가 육지인들의 핫한 성지가 되었지만 이젠 그렇지만도 않은 듯하다. 한 구역에 옹기종기 모여 있는 카페보다는 나 홀로 숨어 있는 '은둔의 강자'가 주목받는 시기가 되었다고 할까. 핀포인트 탐색이 가능한 대한민국에선 그곳이 어디에 숨어 있건 문제가 되지 않는다.

한바탕 얼싸안는 것으로 재회의 기쁨을 대신한 뒤 최고의 운치를 자랑하는 조용한 애월 해변의 카페에서 우선 애피타이저 삼아 커피 한 잔 들이켠다. 만반의 준비를 갖춘 올레꾼도 되어볼 생각이지만 오늘은 첫날이니 일단 차창 밖으로 애월의 인상을 예습하기로 하자. 중산간(해발 200~600미터의 고지대)의 고즈넉함을 눈에 담은 뒤 다시 해안가를 탐색하고 나니 서너 시간이 훌쩍 지나간다. 어느덧 출출해질 때가 되었다.

제주 방문객의 절대다수가 고집하는 갈치구이와 흑돼지 오겹살도 좋다. 그러나 오늘은 아니다. 소중한 친구들이니 남들과는 대접이 달라야 하지 않겠는가. 고등어다. 제주 맛집에서 주로 나오는 고등어구이나 조림이 아닌 고등어'회'다. 운송 과정에서 기절을 시켜서라도 생명을 유지하도록 만드는 것이 고등어회의 제1과제인데, 이곳에선 그런 걱정은 접어두어도 좋다.

애월 카페 '회춘'.

애월 카페 '슬로보트'.

애월 카페 '오롬마르'.

애월의 해변과 주변에 자리한 '은둔의 강자' 카페들.

고등어회 맛집 '내도바당'.

고등어회.

간접광고에 따른 방송통신위원회의 징계 걱정을 하지 않아도 되니 얼마나 좋은지…….(나는 방송국 아나운서다.) 특정 식당과 그곳의 음식을 마음껏 자랑할 수 있는 것도 나만의 글 쓰는 기쁨 중 하나임에 분명하다.

내도바당은 흔히 말하는 '현지인 맛집'이기 때문에 지금까지는 회 먹는 방법을 따로 알릴 필요가 없었다. 그러나 이젠 입소문을 타고 외지인의 방문이 잦아져서 한쪽 벽면에 '고등어회 먹는 방법'까지 안내되어 있다. 간을 하지 않은 날김을 상추 삼아, 초를 친 시큼한 밥과 양파를 올리고 얇게 썬 고등어회 한 조각을 얹는다. 거기에 양념장을 더하면…… 오호, 이것이 바로 '천상의 맛'인가. 고등어는 다른 어종에 비해 회로 먹는 것을 기피하는 이가 유난히 많다. 이해는 되지만 선입견을 버리고 일단 입 안으로 초대해보시라. 후회하지 않을 테니.

"와!"

"이거 뭐야?"

본격적으로 술판을 벌여볼까 했는데 낭패였다. 쉴 새 없이 고등어회를 집어 드는 젓가락질에 맑디맑은 한라산 소주는 테이블 한구석에서 푸대접을 받고 있을 뿐이었다.

평생 잊지 못할 맛이라 직감한 뒤 언젠가 이곳을 회식 장소로 점찍고 예약 전화를 했더랬다. 고등어회 맛은 기본이고, 바다를 불과 십 미터 앞에 둔 뷰 맛집이기도 하니 두 번 생각할 필요가 없었다.

"내도바당이죠? 열네 명 내일모레 저녁에 예약이 될까요?"

3초간의 정적을 깬 주인장의 답변. 차분한 목소리.

"에구, 아시면서…… 저희는 마을 단골손님들이 매일같이 오셔서 단체 예약은 안 받아요."

이거였구나, 진정한 맛집이란 것이.

아, 한 가지만 더. 이 횟집은 애월읍이 아닌 제주시 내도동에 있다. 그러나 내도동, 외도동은 애월읍과 경계에 있고, 게다가 앞에 펼쳐진 바다는 아예 경계를 초월한 공간이 아닌가.

'제주특별자치도 제주시 애월읍 수산리 ○○번지'에 살았던 나는, 도로명 주소로 바뀐 덕에 주소란을 단출하게 채워도 좋았다. 그저 '제주시 엄수로 ○○', 이렇게. 담백해서 좋지만 무언가 허전한 감도 없지 않다. 다른 읍면과 마찬가지로 애월읍의 마을 이름은 참으로 아름답다. 고내리, 유수암리, 금성리, 그리고 그 유명한 소길리 등. 또 중산간 지역에는 '납읍리'가 있다. 오래전 제주에서 순환근무를 했던 아나운서 선배가 뉴스 도중에 '납읍'이라고 쓴 원고를 오타라고 짐작해 '남'읍이라고 알아서 고쳐 발음했다고 말한 기억이 떠오른다.

"뭔가 이상하지 않니, '납'읍이? 있을 법한 이름은 '남'읍 아니겠어? 그래서 고쳤지 뭐."

이상하게 공감이 가는 선배의 실수담이다.

제주의 전 지역이 비슷하지만, 애월을 여행할 때도 도로명

제주의 이정표.
도로명에는 길의 시작과 끝이 그대로 드러난다.

은 꽤 쏠쏠한 힌트가 된다. 유독 제주에는 도로의 명칭에 그 길이 걸쳐 있는 마을 두 곳의 이름이 한 글자씩 들어가는 경우가 많아서다. 장유길(장전리~유수암리), 엄수로(구엄리~수산리), 하소로(하귀리~소길리)라는 도로명에는 길의 시작점과 종착점이 그대로 드러난다. 막강한 내비게이션의 위력을 생각하면 굳이 알아둘 필요가 없는 상식일지 모르나, 머릿속에서 나의 좌표를 그려 넣기에는 유리하다. 그리고 그저 재미있지 않은가. 도로명을 보고 마을 이름 한번 맞춰보는 것도.

'애월涯月'이란 이름에서 달이 뜨는 밤 풍경을 빼놓는 것은 실례다. 애월 바다가 하늘을 비추는 거울이 되어 보름달을 하나 더 탄생시키는 날엔 누구라도 풍경의 일부로 녹아든다. 애월의 밤 바다는 감상해야 할 대상으로 다가오는 것이 아니라 나와 하나가 되어 무아지경의 상태에 빠져들게 한다. 바다도 저 하늘의 달도 사라질 리 없는데, 아침이 되면 우리는 현세의 질서 속으로 발을 들여놓고 어젯밤의 일체감을 일상의 소음 속으로 날려 버린다. 애월에 뜨는 달을 언제고 다시 소환하기 위해 한 편의 시라도 남겨두면 좋았으련만. 느낌을 압축해 표현하는 능력이 부족한 탓에 손에 쥔 것은 아무것도 없을 뿐이다.

해안도로에서 달을 바라보며 듣기에 제격인 베토벤 피아노 소나타 14번의 부제 '월광月光'은 '달빛을 받을 운명'이라고 해석되는 사주의 명칭이라고도 한다. 월광의 운을 지닌 사람은 타인의 주목을 받을 확률이 높다 하니, 그 풀이 역시 주목할 만하다.

ⓒ지은순

애월의 밤바다.

그런데 의아한 게 있다. 왜 찬란한 '햇빛'이 아니라 '달빛'이 주목받을 운명이라고 하는 걸까. 화창한 날에 해를 바라보면 알게 될 일이겠다. 실명할 각오를 하지 않는 한, 쨍하고 뜬 해를 정면으로 바라볼 수 있는 사람은 흔치 않을 테니 말이다. 오죽하면 '태양을 피하는 방법'까지 노래했을까. 달은 그렇지 않다. 스스로는 부끄러워할지 모르나, 누구든지 넉넉하게 바라보도록 순하게 자신을 허락할 뿐이다. 되레 숭고한 감정까지 덤으로 얹어주지 않던가. 나그네의 외투를 벗긴 건 바람이 아니라 따뜻함이었다는 것도 같은 맥락일 것이다. 스스로 열을 내며 타오르는 해와 달리 달은 아무것도 뿜어내지 않는다. 그저 해가 쏜 빛을 반사해 선물할 뿐이다. 선한 느낌으로 주목받기 위해선 해보다는 달이 되어야겠다.

여기는 애월이다.

다시 아침이다. 애월의 해안도로를 달린다. 숙취 때문인지 모르겠지만 제주는 오직 들뜬 낭만만 선사하는 건 아니라는 걸 실감한다. 온몸으로 침투하는 칼바람쯤은 흔쾌히 견뎌내야 이 섬에 발을 들여놓을 자격을 갖출 수 있다. 현무암을 때리며 쉼없이 흑백의 대비를 만드는 하얀 포말은 여행자의 사연이 무엇이든 상념을 토해내라고 부글거릴 뿐이다. 지쳐 흔들렸던 영혼의 한 꺼풀이 거침없이 벗겨지는 걸 느낀다. 바다가 있고 하늘이 있고 달이 떠 있는 애월은 누구의 심장이든 넉넉히 위로할 준비가

되어 있지 않은가. 오늘은 나보다 더 위로가 필요한 도시의 객들
과 하나가 되어,

　　모든 걸 내어놓고 그저 안겨보아야겠다.
　　애월의 품속으로.

당신만의 공간은
어디인지

대정읍 모슬포항
~ 형제해안로

살금살금 뒤따라갔더랬다. 들키면 제대로 된 대화를 들을
수 없기에. 흔치 않은 기회이니 절대 놓칠 수 없었다.

"무사 삐삐 첨수과, 막 마시기 시작해신디."

제주가 고향인 친구가 있었다. 취업 준비로 서울에 와 있는
친구와 가끔 찾곤 했던 방화동 포장마차에서 마지막은 항상 후
루룩 들이켜는 우동 한 그릇이었다. 그날 역시 한두 잔 술이 들
어가고 슬슬 발동이 걸리는 참에 친구의 허리춤에서 진동이 울
렸다. 녀석의 어머님이 삐삐를 쳤단다.(삐삐는 '쳐야' 맛이다.) 친구

26

는 막 시작된 술자리의 흥이 깨진 것이 못마땅한 듯 약간은 귀찮은 표정을 지었다. 이런 불효자식 같으니라고.

휴대전화는 언감생심인 시절이었다. 포장마차 옆 공중전화 부스 안으로 친구가 들어갔고, 그토록 고대하던 미지의 세계인 제주도 가족 간의 대화를 엿들을 수 있었다. 통화가 끝나면 내심 "이런 말이었지?" 하고 해석 능력을 자랑할 참이었으나, 시도 자체가 허사였음을 어찌 알 수 있었을까. 본토 출신이 제대로 구사하는 제주어는 거의 외국어 수준이었다. 결국 건방진 해석 대신 겸손한 자세를 갖춘 정중한 질문이 이어질 수밖에 없었다.

"그런데 왜 문장의 끝을 그렇게 올려야 하는 거야?"

"기이~는 정확히 언제 쓰는 말인데?"

"왜 죄다 받침을 빼는 건데? '이서 어서'가 정말 '있어 없어' 맞아?"

친구의 고향은 제주의 남서쪽 마을인 모슬포였다. 그의 전화 통화를 신기하게 바라보던 당시엔 훗날 내가 20년 가까이 제주에서 살게 될 거라고는 상상조차 하지 못했으니, 지금 이 순간 산방산으로 이어지는 해안도로를 달리고 있는 사람이 그가 아닌 나라는 사실에 오소소 닭살마저 돋는다.

누구나 나만의 공간이 있다. 그곳에선 내가 진짜 내가 되는 공간. 그 신성한 장소의 바람과 공기는 피부에 부딪히는 것이 아니라 몸속을 통과해 거스름 없는 황홀을 선사한다. 물아일체와는 다른 '소아일체所我一體'의 감각이라 하면 될는지. 꼭 거칠 것 없는 풍경의 바닷가나 깊은 산속일 필요는 없으리라. 늘 마음이 편해지는 단골 카페일 수도 있고, 도시의 야경이 기막힌 하숙집 옥상이어도 좋을 것이다.

모슬포항에서 시작되는 해안도로는 송악산과 산방산으로 이어지는 파노라마를 연출한다. 숨을 들이쉬면 제주의 기운이 폐의 깊숙한 곳까지 침투한다. 좌측에 우뚝 서 있는 산방산과 오른편에서 철썩이는 짙푸른 바다는 운전자의 현실 감각을 삼켜버리고 만다. 산방산 뒤로 한라산의 능선이 섬 전체를 뒤덮고, 반대편 멀리에는 가파도와 마라도가 물수제비를 뜨기에 안성맞춤인 납작한 돌처럼 바다 위에 떠 있다.

오가는 차도 거의 눈에 띄지 않는 이곳, 터럭 하나 보이지 않는 푸른 하늘과 빛나는 바다, 그리고 바람에 저항하는 나 자신뿐이다. 남녘을 굽이치는 도로는 이 순간만큼은 오롯이 나만을 위해 펼쳐진 레드 카펫이 된다.

도로를 달려온 차는 송악산을 오른쪽에 둔 오르막의 시작점에서 잠시 숨을 고른다. 오르막길 너머 전방의 풍경은 아직 보이지 않는다. 심장이 쿵쾅거린다. 설렘과 긴장감으로 다시 페달을 밟는다. 어느 정도는 속력을 내야 한다. 너무 천천히 고개를 넘어가면 찰나의 반전을 기대하기 힘들다. 동승자가 있다면 기대하라고 해야 한다, 반드시. 모두의 집중이 필요한 순간이니까. 자, 때가 되었다. 하늘로 이어질 듯한 고갯길의 정점을 향해 가

속 페달을 밟는다. 도로의 절단면을 가뿐히 넘어서는 순간, 눈앞에 마술이 펼쳐진다. 사진으로는 담아낼 수 없는 비현실적인 스크린이 급작스럽게 보는 이를 압도한다. 겁박하며 기를 죽이는 압도가 아니다. 심장을 강타하며 박동 수를 높이는 감탄과 환희의 압도이다.

바다 위 형제섬으로 고개를 돌렸다가 다시 눈앞에 버티고 서 있는 산방산을 바라본다. 완만한 초가지붕의 곡선처럼 부드러운 능선을 자랑하는 제주 오름의 스카이라인에 익숙해진 눈에는 산방산의 수직적 질량감이 상당한 충격으로 다가올 것이다. 산방산은 바다를 향해 질주하듯 뻗어 있는 이웃의 송악산과 함께 도내에서 몇 안 되는 '산'의 명칭을 가진 제주 서부의 대표적인 상징물이다.

이틀 이상의 일정으로 찾아온 관광객들은 제주를 동서로 나눠 여정을 짜곤 한다. 동선의 효율성을 따진다면 바람직한 방법임이 틀림없다. 숙소를 한 곳에 정하려고 한다면 제주시나 서귀포시의 정중앙 부근에 잡아야 동서 여행의 비중을 공평하게 둘 수 있을 것이다. 그리고 이동할 때는 바다를 오른쪽에 두고 반시계 방향으로 움직이는 게 좋다. 그래야 바다를 조망하는 데 막힐 게 없을 테니까.

동서로 나누는 여정 이야기가 나왔으니 살짝 정색해보려 한다. 현재 제주는 제주시와 서귀포시의 양 행정시 체제이다. 구

산방산.

형제섬.

좌읍, 애월읍, 표선면, 한경면 등의 읍면은 그대로 존재하되, 섬을 동서 방향으로 자른 선을 기준으로 북쪽에 위치한 기존 제주시의 동 지역과 그 외 읍면은 모두 제주시에 속하고, 서귀포의 동지역과 남쪽의 읍면은 서귀포시의 하위 행정조직에 포함된다.

오른쪽 위 첫 번째 지도는 지금의 제주특별자치도가 출범한 2006년 이전에 이십오여 년간 유지되었던 제주의 행정 체제를 나타내고 있다. 제주시와 서귀포시, 그리고 북제주군과 남제주군의 2시 2군 체제였다. 당시엔 특별자치도가 아니었으니 당연히 도지사의 권한이 지금보다 제한되었고, 반대로 시장과 군수의 영향력이 훨씬 클 수밖에 없었다. 총 네 개의 시, 군이 존재하는 데에서 오는 매력은 '문화'의 영역에서 뚜렷했다. 제주에서 열린 많은 축제에서는 각 시, 군이 자랑하는 풍습과 특산물이 경쟁적으로 홍보되었고, 도민체전 기간에는 각자의 시, 군에 대한 자부심이 한껏 발현되었다.

새롭게 닻을 올린 특별자치 시대는 많은 것을 바꾸어놓았다. 모든 도민이 자치도시의 선점 효과를 기대하며 의사와 정책 결정의 단순화에 동의한 결과, 북쪽은 제주시로 남쪽은 서귀포시로 통합되고, 양 행정시의 시장은 제주도지사가 임명하는 개혁안이 현실화되었다. 하지만 시간이 흐르면서 도민들은 특별자치도 산하의 양 행정시로 인한 불편함과 폐해가 만만치 않음을 알게 되었다.

이에 다시금 행정 체제 개편 작업에 착수했으나, 한 번 바뀐

제주의 이전 행정구역.

현행 제주시, 서귀포시의 2행정시 체제.

제주시, 서귀포시, 동제주군, 서제주군로 분할할 것을 제안한 새로운 개편안.

체제를 다시 흔드는 작업은 당연히 쉽지 않은 일이었다. 중앙 정치권과 마찰이 불가피했고, 개편추진위와 도의 불협화음도 첨예했다. 의회 내부와 도민들 사이에서 터져 나오는 서로 다른 목소리는 점점 커져 합의로 굴러가는 바퀴에 제동을 걸기에 충분했다. 지금도 개편 논의는 답보 상태에 있다. 그러나 제왕적인 지사의 권한을 적정 수준으로 제한하고, 특별자치의 섬 제주를 더욱 빛나게 할 새로운 행정 체제 안이 상당한 단계까지 논의되고 있는 것도 사실이다. 바로 제주시와 서귀포시의 양 행정시, 그리고 과거의 남제주군, 북제주군을 대신할 동제주군, 서제주군의 '4개 시군 시즌 2' 체제가 그것이다.

섬 안에서 오랜 시간 살아왔고 또 살아가야 할 주민들의 입장에선 참으로 민감한 문제가 아닐 수 없다. 아무리 제주 사람이 다 되었다고 해도 오래된 '이주민'일 수밖에 없는 내 처지에선 이런 주장이 경솔하게 비치지 않을까 우려스럽기도 하다. 그럼에도 용기를 내어 진격해 보려 한다.

먼저 인구가 집중되어 있는 제주시와 서귀포시의 동 지역은 과거처럼 주거가 밀집된 구역까지만 '시'로 경계를 짓는 편이 나을 듯하다. 특별자치도 이후 제주 시내권과 멀리 떨어진 한경면이나 서귀포 시내에서 한참 먼 성산읍조차 각각 제주시와 서귀포시로 편입돼 동질감 없는 시의 산하 구역이 되었으니 말이다. 행정 체계의 간소화를 위해 만들어진 양 행정시 체제지만 해당 읍면의 행정을 책임감 있게 운영할 현장의 실질적 리더가 부재한 탓에, 도와 시에서 나오는 읍면 관련 정책들은 공허하고 괴리 감이 느껴질 수밖에 없기 때문이다.

이보다 더 현실적인 이유는 다름 아닌 '거리'의 문제다. 서 귀포시의 대정읍에 사는 주민과 성산읍에 사는 주민의 집은 동 서로 70킬로미터 떨어져 있다. 제주 섬 안에서 가장 멀리 떨어져 있는 두 곳이다. 같은 서귀포시라는 이유로 어느 한 곳에서 시민 단합대회라도 할라치면 다른 한 곳의 주민은 섬에서 가장 먼 거 리를 달려가야 한다. 거리가 멀면 마음도 ㅁ멀어지는 법이다. 마 음이 멀어지라고 하는 말이 아니라 서귀포 시민의 자격을 유지 하기 위해서 감내할 수 있는 마음이 멀어질 것이라는 소리다. 같 은 행정구역 내의 읍면이 이런 식으로 나뉘어 있다는 건 행정의 효율성을 고려해봐도 엄청난 낭비 요소가 아닐 수 없다.

그렇다면 제주시와 서귀포시 외에 두 곳의 구역을 추가한다 고 할 때, 예전의 남북 제주가 아닌 '동서' 제주를 내세우는 까닭 은 무엇인가. 첫 번째는 방금 말한 효율의 문제다. 조천, 구좌, 성 산, 표선, 남원을 동제주로 묶고 애월, 한림, 한경, 대정, 안덕을 서제주로 구획한다면(33쪽 맨 아래 지도 참조), 가장 먼 두 지점 간 의 직선거리는 대략 30킬로미터에 불과하다. 군민들의 현안 논 의와 단합에 차질을 빚을 만한 거리가 결코 아니다.

두 번째는 기후와 토질, 그리고 그에 따른 작물의 차별화와 관련된다. 대체로 제주의 동쪽은 비가 많이 내리고 서쪽은 바람 의 속도가 평균적으로 높다. 거기에 토질의 차이가 더해져 동쪽과 서쪽의 농산물 역시 어느 정도 재배에 차이가 난다. '구좌 당근'이 유명하고 '대정 마늘'이 최고다. 이왕이면 비슷한 기후와 토질을 가진 지역이 하나의 행정단위로 묶이는 것이 기상, 산업과 관련된 정책을 수립하는 데에도 훨씬 유리할 것이다.

마지막 이유는 아마도 가장 민감한 부분일 수 있는 '정서'의 차이다. 동서 제주를 반대하는 의견의 핵심은, 각기 개성이 뚜렷한 문화를 보유한 동제주와 서제주를 공식적인 울타리로 나누면 숨어 있던 동서의 갈등이 표면화될 것이라는 우려다. 하지만 과연 그럴까? 수많은 외지인과 외지 문화가 유입된 제주는 이제 지킬 것은 지키되 고유의 문화 위에 긍정적인 것들을 탄력적으로 받아들이고 있다. 이미 제주 곳곳의 매력을 발견한 도내의 실력자들은 동서를 떠나 자기만의 '동네'에 아낌없는 찬사를 보내며 살아가고 있다. 토질과 기후, 문화의 차이는 오히려 차별화된 '멋'을 가진 공간을 보장해주는 요소일 것이다. 동서의 색깔 차이는 서로 어우러지고 보완을 거듭해 하나뿐인 조화의 섬 제주를 만들어낼 수 있지 않을까.

형제해안로를 알리는 표석 뒤로 멀리 형제섬이 바라다보인다. 모슬포 친구에서 시작된 구시렁거림이 제주의 행정 체제 개편이라는 주제로까지 옮겨 가버리게 되었다니.

어쨌건 나는 이방인이다. 이 환상의 섬에서 오랜 시간을 보냈다고 자부한다 해도 이방인은 이방인일 뿐이다. 얼굴을 때리는 매서운 바람은, 언제까지나 객일 수밖에 없는 나의 정체성을 차갑게 각인시킨다.

친구의 고향을 더듬다가 오게 된 나만의 공간이니, 모슬포 해안도로를 마음속으로 들어오게 한 일등 공신은 역시 그 녀석인 듯하다.

눈을 감아본다. 다시 오래전 방화동의 포장마차. 그리고 그 옆에 서 있는 공중전화 부스. 어머님과 통화하는 친구의 모습으로 줌인. 친구의 통화는 생각보다 오래 이어지고 있다.

"알아수다. 내가 알앙하쿠다. 걱정맙서게. 들어갑써 예?"

뒤에서 엿듣는 걸 눈치챘는지 이 녀석 얼른 전화를 끊어버린다. 포장마차로 돌아와 다시 소주잔을 부딪치고 우동 국물을 들이켠 뒤 조각난 곰장어 하나를 입에 털어 넣는다.

"캬~!"

그땐 방화동 포장마차가 우리만의 공간이었다.

친구가 그리워진다.

만약 그럴 수 있다면

다시 만날 장소는

모슬포의 해안도로라야 제격이겠다.

비록 정신없는 산책일지라도

애월읍 수산리

　느긋한 산책이란 생각보다 쉬운 일이 아니었다. 이웃에 사는 후배의 집으로 느지막이 맥주 한잔하러 가는 기분 좋은 걸음을 제외하면, 시골에 터를 잡은 뒤 일상이 될 것 같았던 유유자적한 산책은 자주 누릴 수 있는 호사가 아니었다는 말이다.

　그렇다고 퇴근 후 기진맥진한 몸뚱이를 건사하지 못해 항상 집 안에만 웅크려 있었던 것은 아니다. 적어도 이틀에 한 번꼴로는 산책을 나갔으니까. 무슨 말장난인가 싶어도, 그 산책이 느긋하지 않고 정신 사나웠다는 점이 문제였다는 것이다. 이 모든 건

입양되기 직전인 2016년 8월쯤의 리내.

사람을 제외하고 내가 가장 미안해하는 대상인 이 녀석 '리내' 때문이었다.

제대로 훈련을 시키지 못해 리드줄을 연결하자마자 냅다 뛰곤 하는 녀석이다. 리내의 속도를 따라가기 힘든 건 당연했지만 급정거하는 순간이 어찌나 곤혹스럽던지. 개들이 갑자기 방향을 바꾸거나 멈추는 이유는 순간적으로 집중할 냄새를 포착해서라고 한다. 냄새를 맡는 행위 자체가 견공들의 스트레스 해소에 큰 역할을 한다고 하니, 왜 갑자기 그쪽으로 가냐고 뭐라 할 수도 없는 일이다.

제주의 5월은 감귤꽃 향기가 넘실거리는 황홀하기 그지없는 시간이다. 정신없는 우리 둘의 산책이 더없이 행복해지는 계절이다. 봄날 제주에서는 과수원으로 들어찬 시골의 마을길을 걸어보시라. 아무리 숨을 헐떡이는 고속의 산책일지라도 감귤꽃의 감미로움을 들이마시며 가는 길은 충분히 낭만적이다.

냄새를 맡는 것, 향기를 감지하는 것은 참으로 신비한 과정이 아닐 수 없다. 인간의 최소 십만 배에 이르는 탐지 능력을 가진 개의 후각과는 비교할 수 없겠지만, 사람의 후각은 아련한 '기억'과 연결된다는 점에서 단순히 오감의 하나라고 설명하기엔 뭔가 아쉽다. 누구나 어떤 냄새나 향기를 맡고 기억 속 공간이나 사람을 떠올린 경험이 있을 것이다. 시각이나 청각과 달리, 세밀하고 원초적인 감정들을 속속들이 재생해주는 기능은 후각만이 가진 능력이 아닐까.

향기를 뿜어내는 감귤꽃.

뇌과학자들이 밝힌 바에 따르면, 다른 감각들은 중간 뇌의 앞부분에 위치한 시상하부를 거쳐 외부의 정보를 전달하는 데 비해 특정한 냄새와 향기는 유일하게 시상하부를 거치지 않고 곧바로 후각 상피세포로 향한다고 한다. 그런데 이 후각 상피가 기억을 담당하는 해마 가까이에 있어 해당 냄새와 관련된 특정 기억을 환기시키는 작용을 한다는 것이다. 물론 뇌 속의 이런 복잡한 감각 처리 과정을 알지 못하더라도 상관없다. 후각은 추억을 살려내고, 추억은 그날의 감성을 동반하며, 감성은 또 다른 상상을 불러일으킨다는 것을 우리 모두 경험적으로 알고 있으니까.

후각이 추억을 살려내는 동시에 감성과 직결된 감각이라면, 향기가 동반된 산책은 그야말로 이상적인 힐링의 과정이라고 할 수 있겠다. 그 향기가 꼭 달콤한 꽃향기일 필요는 없다. 나무가 뿜어내는 청량한 향기일 수도 있고, 낙엽을 태우는 깊이 있는 냄새여도 좋을 것이다.

가을에는 세상 어느 나라에서나 똑같은 냄새가 난다. 낙엽, 불타는 나뭇가지 더미, 즉 영원하다고 생각했지만 끝나가는 것들에게서 나는 냄새 말이다.

—프리모 레비

이탈리아의 화학자이자 작가인 프리모 레비의 말에 고개가 끄덕여진다. 동서양을 막론하고 낙엽 더미를 걸으며 들이마시는 향기는 크게 다르지 않을 것이다. 그렇다면 후각의 소용돌이 후에 둥둥 떠오르는 감성과 상념에도 공통분모가 있지 않을까. 역사 속에서 인류가 공유할 수 있는 향기의 종류를 정리해보는 것도 매력적인 작업일 거라는 생각을 해본다.

저런, 일 년 내내 태양이 작열하는 적도 지방과 떨어질 나뭇잎조차 없는 극지방에서는 낙엽 태우는 냄새를 설명하기가 만만치 않을 성싶기도 하다.

애월읍 수산리는 관광객들에게 거의 알려지지 않은 곳이다. 애월읍 한복판의 이 마을은 바닷가도 아니고 깊은 중산간도 아닌 '적당한' 해발에 자리하고 있다. 제주에선 흔치 않게 저수지를 품고 있는 마을이어서 높은 지대에 오르면 바다와 저수지를 동시에 조망할 수 있는 독특한 매력을 품고 있다. 물과 산이 좋아 '수산리水山里'라 부르니 이름만으로도 자연의 품에서 살아갈 수 있는 공간임을 알 수 있고, 옛 이름인 '물메골'이 더 정겹게 느껴지는 전형적인 제주의 시골 마을이다.

관광객이 수산리라는 곳을 가봤다고 하면 아마도 '성산읍'에 있는 수산리였을 가능성이 크다. 성산일출봉 등 제주의 대표적인 관광지들이 모여 있는 곳이기 때문이다. 항공기의 하강 소리를 빼면 조용하기만 한 애월의 수산리와 달리 성산의 수산리는 제2공항 건설 사업에 따른 갈등을 방어막 없이 그대로 맞닥

애월읍 수산리.

수산리 곰솔.

뜨려온 곳이다. 애월이건 성산이건 제주의 아름다운 '물'과 '뫼' 가 온전히 지켜질 수 있는 수산리가 되기를 간절히 바랄 뿐이다.

옆의 사진은 수산리의 자랑인 천연기념물 제441호 수산리 곰솔의 모습이다. 4백 년 이상의 수령에 둘레가 4.7미터에 달하는 당당한 체구의 소나무다. 나무의 껍질이 검어서 '흑송'으로 불리기도 한다. 이 소나무가 유명해진 이유는 무엇보다 저수지를 향해 뻗어 있는 수형樹形 때문이다. 수면을 향해 길게 뻗어 있는 나뭇가지가 곰솔의 밑동보다 2미터나 낮게 처져 있다. 참으로 독특한 형태를 가지고 있다.

재미있는 것은 '곰솔'이라는 이름의 유래다. 물을 마시기 위해 고개를 숙이고 있는 백곰의 형상과 비슷해서 붙여졌다고 한다. 전체적인 모양은 그런 것 같아 보이는데 하필이면 왜 백곰인지 이해가 되지 않는다. 제주에 곰이 번식하는지는 잘 모르겠으나, 만약 그렇다 해도 반달곰 정도여야 하지 않을까. 코카콜라를 마시는 북극곰이 제주 애월에 불쑥 출현했다고 상상하니 웃음이 터져 나오는 걸 참을 수가 없다. 그나저나 만약 산책 도중에 북극곰과 마주친다면 리내 이 녀석이 주인을 보호해줄 수 있을지 걱정이다. 기대하는 것이 잘못이겠다. 리내, 너는 재빠르게 도망치렴. 이 주인은 엎드려 죽은 척할 테니. 옛날 그 누군가가 그랬던 것처럼.

산책을 하다 벌어진 유명인사의 에피소드도 있다. 그중 인

카를 롤링이 묘사한 〈테플리체에서의 일화〉, 1887년. 황실 가족을 만난 괴테와 베토벤이 사뭇 대조적인 모습을 보이고 있는 것이 재미있다.

상적인 것은 괴테와 베토벤의 역사적인 만남이 있었던 체코 북서부의 온천 휴양지 테플리체에서의 일화다. 서로를 향한 지극한 존경을 품고 어느 날 이 아름다운 도시를 함께 거닐게 된 괴테와 베토벤은, 신성로마제국의 황비가 시녀들을 대동하고 그들 쪽으로 걸어오는 것을 보게 되었다. 괴테는 공손히 모자를 벗고 허리를 굽혀 황비에게 예를 표한 반면, 베토벤은 뒷짐을 진 채 허공을 바라보며 그냥 지나쳤다고 한다. 나중에 괴테가 왜 그런 행동을 했냐고 묻자 베토벤은 "그 사람들이 나에게 인사를 해야지 왜 내가 인사를 해야 하느냐"라고 답했다. 베토벤은 특유의 뻣뻣함으로 괴테의 속물성을 비판했고, 괴테는 베토벤의 유연하지 못한 일면을 나무라며 이후에 둘의 관계는 자연스럽게 멀어졌다고 한다. 산책도 이처럼 동반자를 잘못 만나게 되면 해악을 불러올 수도 있나 보다.

저수지를 옆에 끼고 한참을 걷는다. 익숙해지는 동네 길이 또 하나 생기는 걸 실감한다. 이 길은 올레길 16코스와도 겹치고 사찰 순례길과도 접해 있다. 그런데도 순례객과 마주치는 경우는 드물어 무척 호젓한 산책길이다. 개와 함께 내달리지 않고 천천히 걷는다면, 상념과 사색에 빠지기에 안성맞춤인 공간이 연달아 이어지는 것이다.

리내와의 산책을 거르지 않으려 애를 써보아도 퇴근 후에 몸이 피곤할 때는 포기할 때가 많았다. 꿈꿔온 전원생활을 해나

가려다 보니 그만큼 신경 쓸 일도 많다는 변명을 하곤 하지만, 든든하게 집을 지켜주는 리내에게는 핑계 댈 여지가 없다. 요즘 들어 주인의 체력이 점점 떨어지고 있는 것을 알아차렸는지 수시로 뒤를 돌아보며 속도를 조절해주곤 한다. 얼마나 대견한 녀석인지……. 배려에는 배려로 답을 해주어야 한다.

그래, 뛰어야겠다, 오늘도.
적어도 우린 괴테와 베토벤보다 훨씬 각별한 사이니까.

벵듸엔 미궁이 없다

구좌읍 평대리

장마철에 흔치 않은 반짝반짝한 날씨가 섬을 더욱 매력적으로 만들고 있는 하루, 여행의 콘셉트를 바꿔보기에 적당한 날이다. 중구난방의 탐색이 아니라 한 마을만 둘러보면서 제대로 파헤쳐보는 '집중 탐구'에 돌입하기로 했다.

그곳은 특정한 동洞이 될 수도 있고 하나의 리里가 될 수도 있겠다. 코스 요리보다 하나의 메뉴만 전문으로 하는 식당을 찾는 것과 같다고나 할까. 산해진미가 잔뜩 나오진 않지만 전복죽 하나만은 기가 막히게 차려내는 소문난 맛집을 찾는 셈이니, 되레

감춰져 있는 제주의 진짜 모습을 확인할 수 있을 것이다. 게다가 한 마을 안에서만 움직인다면 동선의 효율 따위는 고려할 필요도 없다. 걷기의 평화로움을 느끼며 특정 지역을 깊게 이해할 수 있고, 길거리 인터뷰로 꼭꼭 숨어 있는 로컬 맛집을 알아내는 건 보너스나 다름없다.

집중 탐구의 대상은 제주 동북쪽의 '구좌읍 평대리'로 정했다. 그간 수없이 스쳐 지나갔어도 그곳이 평대리였는지 주의 깊게 살피지 못한 곳이다. 오늘만은 마을 곳곳이 간직하고 있는 영광을 되찾게 해주어야겠다는 사명감이 명치에서 치고 올라온다. 제주에 충성을 바치고 있는 나 자신이 대견스럽다.

평대리坪岱里, 제주어로 '평평한 들판'을 뜻하는 '벵듸'라는 말에서 비롯되었다. 지명만 봐도 마을의 경사가 비교적 완만할 것임을 짐작할 수 있다. 벵듸라는 말은 람사르 습지로 등록된 '숨은 물벵듸'(물이 고인 넓은 평지)에도, 심지어 동네의 식당 이름에도 붙어 있으니 속 깊은 제주 여행을 위해선 반드시 메모해둬야 할 가치가 있는 단어다.

이왕 벵듸를 알게 되었으니 한 걸음 더 나아가보자. 제주의 지명에서 흔히 볼 수 있는 또 다른 말로 '드르'가 있다. '너른 들판'을 가리키는 제주어로, 벵듸와는 어감의 차이가 크다. 난드르, 알뜨르 등으로 익숙한 드르는 그나마 쓸모 있는 경작지를 뜻하는 데 반해, 벵듸는 척박하고 거친 땅을 표현할 때 쓴다고 한다. 따라서 구분을 제대로 하지 않고 "이 벵듸 널찍하고 좋네요"

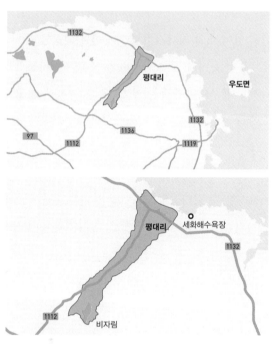

구좌읍 평대리.

라고 아는 체했다가는 드르 주인에게 눈총을 받을 수도 있다. 겉보기엔 똑같이 평평하다 해도, 화산재로 덮여 있어 서쪽에 비해 상대적으로 메마른 제주의 동쪽 땅엔 드르보다 벵듸란 지명이 많을 수밖에 없다. 그래도 물 빠짐만 좋다면 고맙게 잘 자라주는 당근을 재배 작목으로 결정한 것은 평대리 주민들의 지혜였다. 지금도 평대리를 포함한 구좌읍이 전국 당근 생산량의 3분의 2를 차지할 정도니 이 근처에 당근 케이크 맛집이 많다는 사실은 지극히 당연할 뿐이다.

평탄하다고는 해도 한라산에서 흘러 내려오는 지형이라 바다를 향해서는 분명한 내리막길이다. 중산간에서 시작해 바닷가까지 길게 내달리는 평대리. 먼저 마을 깊숙한 곳부터 시작해보자. 평대리의 중산간에서는 미로로 유명한 관광지 '메이즈랜드'를 찾았다. 측백나무와 동백나무, 그리고 돌담으로 만들어놓은 미로가 각각 도전자들을 향해 입을 벌리고 있는 곳이다.

비교적 쉽게 빠져나올 수 있는 측백나무 미로(바람 미로)를 지나니 만만찮은 중상급 난이도의 돌담 미로가 등장해 헤매기가 시작되었다. 미로의 벽에 손을 짚고 계속 이동하면 쉽게 출구로 향할 수 있다고 한 말이 기억났지만, 번번이 막다른 길에 가로막힐 뿐 부질없었다. 땀이 맺히기 시작하며 초조해진다. 빡빡한 여행 일정이라면 미로를 체험하는 코스는 빼는 게 나을 듯싶다. 일행 중에 길치라도 있으면 남은 여정이 엉망이 될 테니 말이다.

메이즈랜드의 측백나무 미로(바람 미로).

메이즈랜드의 돌담 미로와 멀리서 바라본 미로 전경.

그래도 죽으란 법은 없다. 인내심이 바닥날 즈음 출구로 이어지는 통로를 찾아내 간신히 빠져나올 수 있었다. 일정의 차질 여부를 떠나서 미로는 여름이나 겨울보다 마땅히 봄이나 가을에 가야 한다는 걸 명심하자. 덥고 추울 때 헤맨다면 답답함과 고통이 몇 배로 가중될 공산이 크니까.

미로의 출구와 이어진 건물로 들어가려는 순간, 노출 콘크리트 벽에 시선이 모아진다. 미로를 헤매는 내내 머릿속을 맴돌던 그 괴물이 거짓말처럼 등장한 것이 아닌가.

크레타의 왕 미노스의 부인 파시파에는 바다의 신 포세이돈이 미노스에게 보낸 황소와 사랑에 빠진다.(물론 포세이돈의 저주로.) 미노스 왕은 이에 분개해 파시파에와 황소 사이에서 태어난 괴물 미노타우로스를 최고의 발명가이자 건축가인 다이달로스가 설계한 미궁에 가둬버린다. 왕은 적국인 아테네에 소년 소녀 각각 일곱 명씩을 공물로 바칠 것을 요구해 미노타우로스의 먹이로 삼는데, 바람난 부인에 대한 복수이자 적국에는 공포심을 심어주려는 의도였다. 계속되는 공물 요구에 분노를 참지 못한 아테네 왕의 아들 테세우스는 자진해서 공물이 되어 미궁으로 들어가고, 결국 미노타우로스를 해치운다.

그러나 사랑은 배신을 동반하는 법. 적국의 왕자에게 홀딱 반한 미노스 왕의 딸 아리아드네가 미리 그에게 실뭉치를 건네주며 미궁에서 탈출할 방법을 알려주었다. 그리하여 테세우스는 들어올 때 풀어놓은 실타래를 되짚어서 미궁에서 무사히 빠

테세우스에게 공격을 받고 있는 미노타우로스,
메이즈랜드 건물의 벽화.

미노타우로스가 갇혀 있던 크레타의 크노소스 궁전.

져나온다. 아, 사랑의 힘이란! 이를 알아차린 크레타 왕은 분노를 참지 못해 다이달로스와 그의 아들 이카로스를 미궁에 가두어버리지만, 다이달로스는 자신의 특기를 살려 깃털과 밀랍으로 날개를 만든 뒤 아들과 함께 아예 하늘로 날아오른다. 그 뒤는 여러분이 아시는 대로!

한 가지 이해가 안 되는 것은, 다이달로스가 자기 자신이 설계한 미궁에서 왜 쉽게 빠져나오지 못하고 굳이 날개를 만들어야 했느냐는 것이다. 미노타우로스도 없으니 탈출을 방해할 자도 없었을 텐데 말이다. 나갈 수는 있지만 골치 아프게 길을 찾느라 애쓰느니 그냥 날아버리자고 한 것인지, 그게 아니면 건설 주문만 받고 설계는 다른 업자에게 하청을 줘서 탈출 방법을 몰랐던 것인지 알 수 없는 노릇이다.

구좌읍 평대리에서 그리스까지 공간을 확장했지만 한 가지는 명확히 짚고 넘어갈 필요가 있다. 미궁迷宮이란 곧 미혹하는 공간이라고 해석할 수 있을 텐데, 이 '미궁labyrinth'은 '미로maze'와는—특히 거기에 갇힌 사람의 입장에선—천지 차이가 나는 개념이다. 누가 처음 정의를 내렸는지 모르지만 미로는 선택할 곳과 막힌 곳이 많아 극단적일 경우 평생 그 안에 갇힐 수도 있는 곳인 반면, 미궁은 다소 경로가 복잡할 뿐 들어가는 길과 나오는 길이 하나로 연결돼 있어서 시간만 충분히 주어진다면 빠져나오는 데 아무 걱정 할 필요가 없는 공간이라는 것이다. 예를 들어보자면 미로는 평대리의 메이즈랜드 같은 곳이고, 미궁은

미로 이미지.

미궁 이미지.

두려움을 참고 쭉 나아가기만 하면 출구로 나올 수 있는 '귀신의 집'인 셈이다.

우리는 흔히 답을 찾지 못하고 혼란스러울 때 '미궁에 빠졌다'라고 표현한다. 하지만 출구로 나 있는 길만 따라 걸으면 되는 것이 미궁이니 적절하지 않은 비유이다. 앞이 안 보여 정말 막막할 때는 미궁보다는 '미로'에 빠졌다고 해야 하지 않을까. 아리아드네는 미노스 궁전의 미궁에서 굳이 실뭉치를 테세우스에게 줄 필요가 없었다. 그저 길만 따라가면 출구가 나왔을 테니.

한 번 더 생각하니 미궁이 미로보다 훨씬 공포를 불러일으킬 수 있는 상황도 있음직하다. 미노타우로스, 혹은 영화 〈메이즈 러너〉에 나오는 괴물들이 그 안에 숨어 있다면, 미로에선 그것들과 마주치지 않을 수도 있지만 미궁에서는 길이 하나뿐이라 무조건 마주쳐서 싸워야 할 테니 말이다. 귀신의 집이 미궁이 아닌 미로 형태라면 도시락 싸 들고 말려야겠다. 가면을 쓰고 고생하는 알바생들의 노력이 헛되이 될 수도 있다는 걸 생각하면 더욱 그래야 하지 않을까.

전통의 관광지이자 힐링의 장소인 '비자림'으로 향한다. 그렇다, 어릴 적 부모님의 손을 잡고 걸었던 비자림이 이곳 평대리에 있었다. 숲의 청량함은 언제나 반갑다. 비자나무의 호위를 받으며 피톤치드를 온몸으로 순환시킨다. 잎이 '아닐 비非' 자처럼 생겼다 해서 비자나무라고 부른다는데, 정작 나무의 한자 이름

비자나무로 뒤덮인 숲길.

은 榧子가 아니라 榧子다. '아닐 비 모양의 잎이 붙어 있는 나무'를 뜻하는 새로운 한자로 '비자나무 비榧' 자를 만든 건지도 모를 일이다.

과거에 비자나무는 최고의 바둑판 소재로 쓰이는 등 가공용으로 쓰임새가 많고 열매 또한 살균과 노폐물 배출에 탁월한 효능이 있는 약재로 알려져 무차별적인 벌목이 이루어졌다. 지금은 천연기념물로 지정돼 보호받아야 할 신세가 되었으니 그간 비자나무가 얼마나 심하게 잘려 나갔는지 짐작할 수 있다. 뭐든지 쓸 때 귀한 줄 알아야 하는 법이다. 그것이 나무라면 말해 무엇 하랴.

양치식물로 가득한 깊은 숲속을 보니 공룡이라도 나올 듯 스산한 기운이 감돈다. 그렇다고 해서 브론토사우루스 같은 거대한 종은 어울리지 않는다. 비자림을 미궁으로 만든다면, 쥐라기 공원의 벨로시랩터에게 미노타우로스 역할을 맡기는 게 제격일 거라는 상상을 해본다. 와, 소름이 돋는다.

이번에는 평대리의 바다 쪽 끝자락으로 향한다. 십여 명쯤 되는 이른 피서객들이 해수욕을 즐기고 있다. 매년 여름 피서의 절정기에도 사람이 많지 않아 쾌적한 곳이지만 최근 들어서는 소규모 해수욕장에도 인파가 꽤 몰린다고 한다. 대규모 피서지에 지친 사람들이 점점 더 작고 깨끗한 곳을 찾기 때문일 것이다. 순박한 소녀와도 같은 평대리 해수욕장이 성숙한 여인으로 변신하는 것을 굳이 보고 싶지는 않다.

평대리 해수욕장.

미로에 갇힌 느낌은 곧 현실이 된다. 수수한 글을 쓰리라 다짐했는데 돌아보면 몇 달 묵은 기름이 활자마다 끼어 있는 듯하고, 부드럽게 이었다고 여겼던 지난 글에서는 문장의 기괴한 관절들이 듣기 싫은 마찰음을 내고 있다. 최선을 다한다는 것만으로는 용납되지 않는 일들이 세상엔 너무도 많다.

세상을 위해 기여하는 영혼의 작용이 글을 쓰는 것이라면 우리 모두는 작가가 되어야 할 일이다. 세상을 비출 나만의 무엇은 누구라도 하나쯤 갖고 있지 않겠는가. 웅크리고만 있는 것은 철퇴를 맞아 마땅한 침잠인 것이다. 글을 쓰며 맞닥뜨리는 한계는 미궁에서 마주친 미노타우로스와 다를 바 없지만, 아리아드네의 도움은 받지 않으려 한다.

평대리의 넓은 아량에서 위로를 받고
제주의 숲과 바다에서 기운을 받아야겠다.
그리고 한 글자씩 한 문장씩
미혹함 없이 자박자박 나아가야겠다.
바람이 상쾌하다.

꼬닥꼬닥 다시 걷는
바닷길

제주 올레
3-B코스

10월이 됐다. 인생이 열두 달이라고 한다면, 나는 아직 열 번째 달까지 도달하지 못한 것 같다. 7월 말 아니면 8월 중순쯤을 지나고 있을까? 어디에 와 있건 매해 매달 매일에 똑같은 무게를 두고 남은 생을 감사히 여기며 알차게 살아가면 될 일이다.

그러나 우리 삶의 달력에서는 매달의 '농도'가 같을 수 없다. 열두 달 중 1월은 아무것도 모르는 상태에서 훌쩍 지나가버리고, 대략 3월까지는 좌충우돌하는 노도怒濤의 시기다. 반면 11월 중순쯤부터는 정신과 육체의 기운이 떨어지면서 무언가에 집중하기 쉽지 않은 인생의 말기일 것이다. 인생의 10월은 그래서 한 사람의 내공을 최대치로 끌어올려 유무형의 결과물을 생산할 수 있는 확실한 계절이다. 1월부터 9월까지 쌓아온 지식과 지혜, 기쁘고 아픈 경험들이 노련함이란 무기를 장착하고 황금빛 수확을 하는 눈부신 기간이 아닐까.

일 년 중 열 번째인 '현실의 10월'도 축복받은 시기임에 틀림없다. 아직 한낮의 열기가 가시지 않은 9월과 본격적으로 스산해지는 11월 사이에서, 추수의 기쁨과 부드러운 가을 공기를 온몸으로 만끽할 수 있는 날들인 것이다. 오름에 앉아 억새의 군무를 감상하는 계절이기도 하고, 그리운 사람들의 얼굴을 순도 백 퍼센트로 떠올릴 수 있는 추억 재생산의 시간이기도 하다.

1월에서 2, 3, 4…… 12월까지 숫자를 앞에 붙여 한 달씩을 표현하니 참 편리하다. 앞의 숫자만으로 해당 월의 기후와 심지어 동식물의 활동성까지 알 수 있으니까. January, February 등으로 표기되는 달력을 보아도 어렵지 않게 각 달이 연상되는 건 마찬가지다. 그런데 잠깐. 아무렇지 않게 쓰고 말했던 것들에서 낯설고 이상한 느낌을 받을 때가 종종 있는데 지금이 바로 그 순간인 것 같다. 달력 이야기를 하려니 서양식으로 표기된 각 달의 명칭에서 의문점이 튀어나오는 것이다.

유럽 언어의 뿌리인 라틴어와 그리스어가 나타내는 mono(1)-di(2)-tres/tri(3)-tetra(4)-penta(5)-sex/hexa(6)-septem/

hepta(7)-octo/octa(8)-novem/nona/ennea(9)-decem/deca(10) 라는 숫자 관련 접두어는, 그리스나 라틴 계열의 언어를 쓰는 수많은 사람들에게는 그 자체로 해당되는 숫자를 떠올리게 한다. 한국어를 말하고 한글을 쓰는 우리도 트라이포드니 테트라포드라는 명칭이 무엇을 의미하는지 짐작할 수 있고, 옥토퍼스가 다리 여덟 개 달린 연체동물이란 것도 알고 있다. 그러니 이를 바탕으로 달력에서 각 달의 명칭을 곱씹어보면 어찌 이상하지 않을 수 있을는지. 1월인 January부터 8월인 August까지는 로마의 신들이나 황제 율리우스 카이사르, 그리고 그의 조카 이름을 땄다고 하니 그렇다 치는데, 9월부터는 의심의 눈초리를 거둘 수 없다. September는 7을 뜻하는 'septem'이란 접두사가 있으니 7월이 돼야 하는 것 아닌가? 10월인 October는 마땅히 8월에 갖다 붙여야 할 이름이다. 문어는 '옥토'퍼스니까. 마찬가지로 November는 11월이 아닌 9월, December는 12월이 아닌 10월이 되어야 한다. 사색의 계절이자 풍성한 수확의 계절인 10월이 그 명칭부터 원리에서 어긋나 있으니 어찌 찝찝하지 않겠는가.

의문은 의외로 쉽게 풀려버린다. 로마력을 사용하던 로마에서, 카이사르가 율리우스력으로 역법 체계를 바꾸었기 때문이라고 한다. 열 개의 달로 구성된 하나의 묶음이 열두 개의 달로 세분화되면서 두 개의 달이 추가되었고, 새롭게 만들어진 두 개의 달을 첫 번째, 두 번째 순서로 배치해 원래의 1월은 3월이 되었던 것이다. 자연스레 이어지는 달들도 두 계단씩 뒤로 밀리는 바람에 7월이었던 Septmber는 9월이, 8월이었던 October는 10월이 된 것이다. 한 사람의 결정이 후대의 전 세계인들로 하여금 원뜻과는 상관없는 명칭을 쓰게 하고 있으니…… 율리우스 카이사르, 그는 역시 대단한 인물임이 확실하다.

　무조건 바깥으로 나가야 하는 October다. 오랜만에 제대로 걸어보자고 다짐해본다. 평소 걷는 것엔 자신이 있었으나 작정하고 올레길을 주파해보자고 결심하니, 갑자기 무리하는 건 아닌지 약해 빠진 걱정을 하게 되는 것도 사실이다. 한적한 야외라 안심이 되긴 해도, 혹시라도 코로나19의 매개체가 되는 민폐를 끼치면 안 되겠기에 올레길 중에서도 유명 관광지를 지나지 않는 코스를 택하기로 한다. 수년 전에 완주했던 코스이기도 하다. 그때는 올레 축제가 열려 많은 올레꾼들과 함께했지만, 평상시엔 줄지어 가는 올레꾼들을 자주 볼 수 없는 길이다. 바로 제주 올레 3-B코스.

　올레 3코스는 A와 B 두 개의 노선이 있다. A코스는 통오름, 김영갑 갤러리 등을 경유할 수 있는 길이고, B코스는 바다를 옆에 바짝 두고 온평 환해장성環海長城에서 표선 해수욕장까지 내달리는 해변길이다. 그중 B코스를 선택하고 긴 숨을 들이마시며 2만 보의 첫걸음을 내딛는다. 약간 더운 듯하나 이 정도면 괜찮은 날씨다. 무엇보다 하늘과 바다의 색이 제대로다.

　제주 동쪽의 성산읍 온평리는 제주 제2공항의 예정지로 발

제주 올레 3-B코스의 출발점인 온평 포구.

표된 이후 한시도 긴장을 놓을 수 없는 동네가 되었다. "이것저 것 다 고려해보니 새 공항은 필요하고, 여러 평가를 거쳐 장소도 나라가 합리적으로 결정했으니 그에 따르라"는 공표에 주민들의 의견은 찬반으로 엇갈렸다. 너무나도 많은 지역 주민이 상처를 받았다. 이제는 격렬하게 충돌하는 양편의 주장에 그저 지칠 따름이다.

다만 한 가지만은 우려스럽다. 한때 외지인이 연 천5백만 명이 들어와 심한 몸살을 앓던 제주에 무려 5천만 명이 들어오는 상황을 감안해 새 공항을 짓겠다는 계획 말이다. 공항만 늘어나면 되는 일일까? 천문학적인 인구를 수용해야 하니 숙박 시설과 도로, 환경 처리시설도 그에 맞춰 건설하기만 하면 되는 것일까? 환경단체의 일원이 아니더라도 끔찍한 제주의 미래가 그려지는 게 상식적으로 타당할 것이다. 주민들은 그런 곳에서 살고 싶을지, 관광객은 그런 곳에 과연 오고 싶을지 의문이 들지 않을 수 없다.

3-B코스는 환해장성의 안내판과 함께 시작된다. 고려시대에 삼별초의 침입에 대비하기 위해 제주도를 빙 둘러쳐서 처음으로 장성이 지어졌다고 하는데, 야트막한 부분은 시골집을 둘러싼 여느 담장의 높이와 다를 게 없다. 현재는 제주도 전역의 열네 곳에 환해장성이 남아 있지만 이곳 온평리의 장성은 아래쪽 계단 부분을 다듬어놓고 그 위에 담을 쌓은 것이 특징이다. 담의 종류가 참으로 다양한 곳이 제주다. 무덤을 둘러싼 '산담', 목마

온평 환해장성.

올레 3-B코스에서 바라본 성산일출봉.

장 주위에 쌓은 '잣성', 고기를 잡기 위해 바다에 설치한 '원담', 그리고 이곳 환해장성 등 제주의 '돌'과 '담'의 역사를 들여다보는 것도 쓸모 있는 배움이 될 수 있겠다.

인적이 드문 제주의 바닷가는 금세 사람을 무장 해제시킨다. 파도의 힘찬 움직임과 제주 동쪽 바다 특유의 코발트빛은 나그네의 가볍지만은 않은 생각들을 정리해준다. 멀리 보이는 성산일출봉과 해변 끝에서 악센트가 되어주는 등대들은 놓쳐버리기 쉬운 원근감을 살려준다. 적어도 이 코스의 올레길에선 시선이 바다 쪽으로 고정되는 까닭에 두 다리의 피로함을 뒤늦게 알아차리게 된다. 예상대로 해안도로를 걷는 올레꾼은 나 혼자뿐이다.

'꼬닥 꼬닥' 걷는다는 제주올레 이사장님의 표현이 썩 마음에 든다. '천천히'라는 뜻의 제주어가 '꼬닥 꼬닥'임에도 걸을 때만큼은 야무진 의성어가 되어버린다. 호기롭게 첫발을 내디디고 진격의 올레꾼 모드를 유지하다가, 중반을 지나 슬슬 골반이 뻐근해질 때면 절로 이 말이 떠오른다. 자가 운송 수단인 두 다리를 내려다보며 한 발자국에 "꼬닥!", 다른 발을 내디디며 또 "꼬닥!" 소리를 내본다. 야무진 한 걸음 한 걸음이 소중할 뿐이다. 맛있는 음식을 음미하며 한 입 한 입 꼭꼭 눌러 씹듯, 걸음마다 따라 나가는 몸뚱어리가 신기하고도 고마운 것이다. 한 걸음한 걸음을 놓치지 않고 기억하고 말 테다. "꼬닥!" 소리와 함께.

중요한 회의가 있던 날인지 교육이 있던 날인지 자세히 기억은 나지 않지만 그 장면 하나만은 생생히 기억 속에 있다. 순수함이 가득한 PD 선배였다. 탁자 위에 빈틈이 보이지 않을 정도로 가득 놓인 수십 명분의 인쇄물을 하나하나 순서대로 배열한 뒤 스테이플러로 찍고 있었다.

"도와드릴까요?"

후배로서 마땅히 해야 할 질문이었다.

선배는 아무렇지 않게 대꾸했다.

"아냐, 난 이런 일이 너무 행복해. 몇 시간이고 할 수 있어."

반 농담이 섞인 대답이었기에 웃음으로 반응했지만, 평소 골치 아픈 일거리에 파묻혀 지내는 선배에게는 스테이플러로 종이를 한 장씩 찍어대는 단순한 작업이 정신 건강에 도움이 될 수도 있겠다 싶었다. 그리고 곰곰이 생각해보니 그건 내 적성에 맞기도 했다. 똑같은 업무라도 명민하게 지름길을 파악해내지 못하고, 무조건 순서대로 하나씩, 한 장씩, 한 명씩…… 굼뜨게.

따지고 보면 '서서히' 완성해가는 것에 행복을 느끼는 사람들이야말로 올레길 걷기에 최적의 조건을 갖추고 있는 인간상이 아닐까. 꼬닥꼬닥 걷는 한 걸음마다 70센티미터씩 목표에 가까워지고, 70센티미터 전방의 경치를 보장받을 수 있으니 어찌 도중에 멈출 수 있을 것인가. 걷는 만큼 돈을 벌 수 있는 직업이 있다면 주저하지 않고 손을 들겠다.

처음 3-B코스를 걸었을 때 가장 인상적인 공간이 바로 이곳 바다목장이었다. '신풍 신천 바다목장'.

오르막길을 오르면 느닷없이 광활한 풀밭이 시야에 펼쳐진 다. 진청색 바다와 연둣빛 풀밭이 어우러져 비현실의 풍경을 자아낸다. 바다목장이라고 해서 어패류를 양식하는 '바다 속'의 목장이 아니라 축산업 용도의 목장이다. 단지 바닷가에 위치해 있을 뿐이다. 초지가 육지부의 끝까지 형성되어 있어 절벽 바로 앞에 앉아도 엉덩이가 푹신하다. 저 멀리 소들이 보인다. 청정 제주에서도 특별히 멋진 자연환경에서 지내고 있다는 걸 녀석들은 알고 있을까? 사망에 이를 수 있는 병을 옮긴다는 진드기가 두려워 풀밭에서 '뛰노는' 것을 주저하게 되었지만, 이곳에서만큼은 뛰고 구르고 하늘을 바라보며 가만 누워 있고 싶다.

3-B코스의 막바지가 가까워진다. 멀리 표선 해수욕장의 드넓은 백사장이 보이면 곧 장도의 결말에 접어든 것이다. 도중에 포기하게 되는 건 아닐까 걱정했는데 다행이다. 거만한 걸음걸이로 백사장을 향해 성큼성큼 보폭을 넓힌다. 오히려 종점을 앞두고 다리에 힘이 붙는 느낌이다. 러너스 하이runners' high란 이런 것일까. 아, 올레길에선 '워커스 하이walkers' high'라고 해야 맞는 표현이겠다.

썰물로 바닷물이 빠져 백사장이 더 광막해졌다. 바다는 모래사장을 수백 미터 걸어 나가야 끄트머리가 보일 뿐이다. 백사장과 해변공원에는 가족 단위로 온 이들이 적지 않다. 백사장

신풍 신천 바다목장.

표선 해수욕장.

을 지나 코스의 종착점에 도착했다. 수년 전 회사 동료들과 단체로 깃발을 들고 목적지에 골인했던 감동은 없을지라도, '걷다 보니 다 왔구나' 하는 안도감이 그 자리를 대신한다. 다음에 도전할 올레길을 탐색해볼 요량으로 인터넷 검색을 하니, 시계 방향으로 제주 한 바퀴를 둘러싼 전체 올레 코스가 특별하게 다가온다. 왜 올레길은 시계 방향으로 만들어졌을까?

지인들이 제주를 찾아 바닷가를 드라이브하겠다고 하면 반시계 방향을 추천한다. 하루는 차의 오른쪽에 바다를 두고 제주 시내에서 애월, 한경, 안덕이 있는 서쪽 지역을 누비고, 다음 날은 서귀포에서 출발해 역시 오른쪽으로 바다를 낀 채 동쪽 해변을 거쳐 위로 올라가는 코스다. 차가 진행하는 방향에서 오른쪽으로 고개를 살짝만 돌리면 코발트빛의 바다를 볼 수 있는 엄청난 이점이 있다.

난감한 것은, 그럼에도 올레길은 '시계' 방향으로 조성되어 있다는 사실이다. 까짓것, 왼쪽으로 고개를 돌리면 간단히 해결될 문제지만 우측통행이 습관화된 우리에겐 영 어색하다. 운동회의 계주를 떠올려보자. 우리는 둥근 땅을 반시계 방향으로 돌았다. 아하, 그렇다면 반대 방향으로 걸으면 될 거 아니냐고? 안 될 것은 없다. 그래도 된다. 단지 올레길 정주행이 아니라 '역'주행이 되어버리니, 기분이 썩 개운하지는 않을 것 같다.

문득 떠오르는 생각. 주위 환경이나 스토리가 있는 보행 등 여러 조건을 고려해서 결정한 올레의 방향일 테지만, '안전'이라

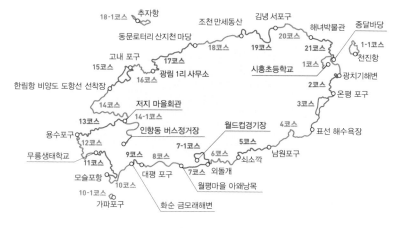

제주 올레길 코스.

3코스.

는 요소를 감안했을 수도 있겠다는 것. 해안가를 시계 방향으로 걷는 올레꾼은 반시계 방향으로 달리는 자동차를 정면으로 보게 된다. 번듯한 차도가 드물고 거의 포장이 되지 않은 좁은 올레길의 특성상 그렇게 된다. 밤길을 걸을 때 뒤에서 갑자기 차가 나타나면 서로 방향을 짐작하기 어려워 위험할 수 있는데, 차라리 마주 오는 차를 바라보는 쪽으로 산책을 하는 게 훨씬 안전하지 않을까. 만약 올레 코스가 반시계 방향으로 되어 있다면 같은 방향으로 달려오는 차를 감지하기 어려울 수도 있겠다. 진정 이런 점까지 반영한 코스 구성이라면 아낌없는 찬사를 보내야 마땅할 터이다.

재능이 없어도 그림을 그리고 싶은 충동이 이는 3-B코스다. 까만 장성 너머의 짙푸른 바다 색깔이 세련된 조합을 만들어낼 수 있겠다 싶다. 해풍에 나부끼는 바다목장의 초록빛 풀과 평화롭게 풀을 뜯는 한우의 모습은 이상적인 풍경화가 될 수 있지 않을까. 지나치다 싶을 만큼 광대한 백사장과 해수욕장을 감싸는 야자나무를 캔버스에 담는다면 프랑스에서 활약한 인상파 화가들의 분위기를 낼 수 있을지도 모르겠다. 어떤 화풍을 택하든 그리지 않고는 못 배길 하늘과 땅이 있는 곳이니까 말이다. 구석구석 걸으며 황홀해지는 제주는, 그래서 예술을 품은 섬이 될 수밖에 없는 운명을 타고났다.

이 섬에서는 그려보고, 들어보고, 써보시기를 권한다. 잠시 왔다 가시더라도.

제주 동남쪽의 거침없음은 언제나처럼 여전했다.

오늘 밤은 잠이 잘 올 듯하다.

발가락이 부었다.

퉁퉁.

온평리 용천수 공원쉼터.

백주또의 연풍연가

조천읍 교래리,
구좌읍 송당리

"윷이야!"

거나한 잔칫날이든 작은 회사의 체육대회 날이든 혹은 오랜만에 동네 성아시(형, 동생)들이 함께 하는 주말이든 윷놀이는 빠질 수 없는 최고의 레크리에이션이다. 상대의 말을 잡아버릴 때의 쾌감은 기본이고, 한 번에 세 개의 말을 얹어 전력 질주하는 순간은 황홀하기까지 하다. 한국인이 하나 되는 축제의 마당이고, 선인의 지혜가 담긴 세계 최고의 보드게임이 아니던가.

그런데 의기양양한 양 팀의 주장들이 '청군 백군'으로 편을 가르잔다. 제발 청군 백군은 이제 그만하면 안 될까. '군軍'을 만들어 싸우자니…… 듣기만 해도 섬뜩하다. 이런 구분을 지금껏 자연스럽게 받아들인 것이 의아할 따름이다.

이런, 절체절명의 위기다. 상대의 말이 하나밖에 남지 않았다. 보기만 해도 얄밉다. 어떻게든 역전을 해야 한다. 저녁 내기가 걸리긴 했지만 그보다는 자존심의 문제인 것이다. 남은 세 개의 말로 전세를 뒤집기는 버거워 보인다. 한낱 놀이일 뿐인데 집중력은 어마어마하다. 마지막으로 큰 숨을 몰아쉬고 승부의 스냅을 튕긴다. 어, 그런데 설마?

섰다! 말 하나가 똑바로. 그렇다, 세로로 섰다! 이게 가능한 일인가?

희박하지만 가능하다. 괜히 하는 소리가 아니다. 나도 직접 봤으니까. 종종 그럴 수 있다. 적어도 제주의 윷놀이에서는.

육지와는 사뭇 다른 제주 전통의 윷놀이는 '넉동배기' 혹은 '넉둥배기'라고 불린다. 윷을 손으로 쥐고 공중으로 던지는 일반 윷놀이와 달리, 제주에서는 귀여운 종지에 더 귀여운 꼬마 윷을 집어넣고 잔 속의 술을 상대의 얼굴에 끼얹듯이 윷을 쏟아낸다. 네 개의 자그마한 윷은 한바탕 공중회전을 한 뒤 명석 위에 내동댕이쳐진다.

윷의 모양과 종지를 이용한 던지기 외에 뭍의 윷과 또 뭐가 다를까. 길게 놓인 명석에는 정확히 반을 갈라 선이 그어진다. 내가 던진 윷은 네 개 모두 중앙선을 넘어 상대편 쪽의 명석에

제주 전통의 윷. 종지 안에 넣어 던진다.

넉동배기의 말판.

한바탕 벌어지는 넉동배기 승부.

떨어져야 한다. 정하기 나름이지만 보통은 하나의 윷이라도 선에 걸치거나 멍석을 벗어나면 실격이다. 말판의 생김새도 다르다. 마치 생선 가시를 빙 둘러놓은 듯 앙상함의 앙상블로 보이지만, 자세히 보면 일반 윷놀이 말판과 다를 건 없다. 말이 놓이는 자리가 선의 끝이나 교차하는 부분이란 것 정도만 차이가 날 뿐이다.

그건 그렇고 종지 안에 있는 윷을 다시 한 번 보시라. 어쩌다 한 번이긴 하겠지만 충분히 세로로 똑바로 세울 수 있겠다는 느낌이 들지 않는가? 중요한 것은 한 번의 던지기에 한 개의 윷만 똑바로 서도 게임은 그걸로 끝이라는 거다. 아무리 일방적으로 지고 있어도, 패색이 짙어도 한 판의 넉동배기에서 윷을 한 번만 바로 세우면 '게임 오버'다. 저녁쯤은 배부르게 얻어먹을 수 있다. 관중의 환호성은 덤이다. 제주 꼬마 윷의 엄청난 매력이 빛을 발하는 순간이다.

신명 나는 넉동배기 한판 승부는 조천읍 교래리의 일명 '토종닭 거리'에 즐비한 음식점에서도 흔히 벌어진다. 흑돼지와 갈치구이를 먹고 말겠다는 관광객들의 의지에서 살짝 벗어난 메뉴이긴 해도, 제주 중산간의 자연에서 자란 토종닭 샤브샤브와 백숙은 점차 유명세를 얻고 있다. 제주의 대명사가 된 '삼다수' 마을이 지척이니 이곳 토종닭 거리는 물 좋고 닭 좋은 청정 지역이다. 제주시 내에서도 많은 도민들이 모임 공간으로 선택하는 곳이 되었다. 그러니 여기저기서 "윷이야!", "잡았다!" 하는 소리가 끊이지 않는다. 교래리의 음식점에 적당한 넓이의 마당과 넉동배기, 말판이 없다면 그곳은 장사할 자세가 되어 있지 않은 것으로 봐야 한다.

　토종닭으로 배를 든든히 채웠다면 가장 제주다운 풍광을 맞으러 가는 길이 여유롭겠다. 아쉽지만 소화가 되려는 신호가 오기도 전에 넉동배기만큼이나 전통을 자랑하는 제주의 대표 관광지에 도착할 것이다. 한때 신혼여행을 와서 택시를 대절해 섬을 누비던 시절, 서쪽의 한림공원과 더불어 제주에서 양대 사설 관광지의 위상을 자랑하던 곳, '산굼부리'다.
　사설인 점을 고려해도 비싼 입장료는 분명 아쉬운 점이다. 그러나 입장료가 만 원을 훌쩍 뛰어넘는 관광지가 어디 한두 곳인가. 돈이 문제가 아니다. 한동안 이곳이 외면받은 것은 오히려 지나치게 유명해져버린 탓이 아닐까. 실제로 가보지 않은 사람이라도 뻔한 선입견을 가지기 쉽고, 그래서 뭔가 시대에 뒤떨어진 관광지의 느낌을 받는다는 것이 문제다. 그러나 한마디만 하겠다. 장관이다! 그것뿐이다. 산굼부리 측에게서 단돈 1원도 받지 않았다는 결백과 함께.
　'굼부리'란 화산체의 분화구를 일컫는 말이다. 이름 자체로는 어차피 화산섬인 제주의 공간이니 특이점이 없어 보인다. 하지만 분명하고 유일하게 다른 한 가지 특징이 있다. 산이 깊으면 골도 깊다고 했다. 아래로 깊숙이 파인 분화구를 감상하려면 적

산굼부리의 오르막길에서 바라본 한라산.

산굼부리의 전망대에서 분화구 쪽을 바라보는 관광객들.

어도 그 깊이 이상의 오르막 등반을 해야 하는 게 일반적인데, 유일한 예외가 산굼부리인 것이다.

산굼부리는 뚜렷하게 솟아오른 산의 형체 없이 큰 입을 벌리고 있는 듯 분화구만 땅 아래로 쑥 가라앉아 있는 지형이다. 바로 지리 수업 시간에 배웠던 '마르Maar형' 화구다. 주변 땅보다 무려 1백 미터나 아래로 꺼져 있어 백록담보다도 더 깊다고 한다. 그러니 우리나라 유일의 마르형 분화구인 산굼부리를 어찌 뻔한 관광지라 할 것인가. 지나치게 알려졌다고 해서 유재석의 예능 프로그램을 끊을 것인가, 아이유의 노래를 더 이상 듣지 않을 것인가 말이다.

산굼부리에서는 온통 초록빛인 청량한 여름 풍경도 좋지만, 억새가 파도치는 가을의 신비로운 광경이 기억에 더 오래 저장될 것이다. 사랑하는 사람과 함께라면 두말할 나위 없고, 혼자이더라도 감성의 지평을 넓히는 데 보탬이 될 것이다.

동쪽으로 달려 구좌읍으로 들어선다. 조천읍 교래리와 구좌읍 송당리, 읍이 다른 두 곳을 한 번에 소개하는 이유는 물론 두 지역이 이웃해 있어서이다. 제주 동쪽의 오름군은 두 마을에 걸쳐 부드럽게 이어져 있는데, 그것에 경계를 나눈 건 인간이다. 굳이 따로따로 볼 필요가 없다. 아니, 교래와 송당은 끊김 없이 지나가야 신비로운 조화를 느낄 수 있는 연속된 공간이다.

못해도 열 번은 찾아가본 송당의 '아부오름'이다. 등산을 기

아부오름에서 바라본 한라산과 오름들.

피하는 사람도 얼마든지 오를 수 있을 만큼 부담이 없는 오름이다. 그래서 이 게으른 인간도 열 번이나 찾았겠지. 아부오름을 갈 때마다 먼저 오름 아래에 있는 '나홀로나무'를 물끄러미 바라보곤 한다. 1분 정도. 그냥 그렇게 된다. 아부오름은 영화 〈이재수의 난〉에도 배경으로 등장했지만, 역시 〈연풍연가〉의 엔딩 장면에 나온 아부오름 아래의 '나무'를 기억하는 이들이 많을 것이다. 〈연풍연가〉의 OST는 이야기의 공간인 제주를 고맙게도 썩잘 표현해준다. 한참 전의 영화라고 해서 망설일 필요는 없다. 무선 이어폰으로 영화 음악을 들으며 나홀로나무 앞에 서 있어보자. 당신이 곧 장동건이요 고소영이다.

다만 삼나무 숲이 둥그렇게 조성된 분화구와 재회하려던 계획은 수포로 돌아갔다. 오름 정상의 나무들이 지나치게 웃자라 푹 들어간 아래가 제대로 보이지 않았기 때문이다. 아부오름의 매력은 높이에 비해 꽤 깊이 파인 분화구와 그 중심을 호위하듯 원을 이룬 삼나무 군락인데 그걸 볼 수가 없다니⋯⋯. 나뭇잎이 다 떨어진 한겨울에 온다고 해도 정상 부근을 둘러싼 나무의 키를 고려하면 분화구를 관망하기가 쉽지 않을 것 같다. 대대적인 가지치기가 필요하지 않을까.

오름의 능선이 신비로움을 자아내는 송당리는 신성한 기운이 생동한다. 언젠가 가족의 중대사를 앞두고 서울의 소문난 점집을 찾아갔다는 지인의 말이 떠오른다. 신통하다는 소문을 듣고 제주에서 찾아왔다고 하니, 네가 사는 섬에 귀신이 가득해 영험한 무당이 넘치는데 뭐 하러 이 먼 서울까지 헛걸음을 했냐며 타박을 받았다고 한다. 그 영험한 제주 신들의 고향이 바로 이곳 송당리인 것이다.

'당 오백 절 오백'이란 표현처럼 제주에는 마을신을 모시는 당이 곳곳에 분포해 있다. 이제는 도시 지역으로 편입돼 현대식 주택이 자리 잡은 곳에도 동네 어딘가에는 당이 숨어 있는 경우가 많다. 어디 당이라는 실체뿐일까. 믿을 수 없을 만큼 다양한 캐릭터가 등장하는 탐라의 신화는 세계 어디에 내놓아도 손색이 없는 최고의 스토리텔링을 펼쳐낼 것이다. 무려 일만 팔천의 신들이 좌정하고 있고, 각자의 개성도 뚜렷하니 말이다.

이 많은 신들이 섬사람들의 일상에 하나하나 관여하고 있으니 제주인들에겐 조심스러운 것들이 얼마나 많을까. 모든 신들이 하늘로 올라간다는 신구간(절기 대한 후 5일에서 입춘 전 3일)에만 이사를 하는 풍습이 생긴 것은 어쩌면 당연한 숨 고르기라는 생각이 든다. 도민들이 겪어온 불편함을 씨앗으로 제주의 신화는 무궁무진한 가능성을 키워가는 중이다.

사랑과 배신, 액션과 반전까지 모든 것이 완벽한 자청비 신화를 비롯해 일만 팔천의 제주 신들의 이야기는 제주를 넘어 우리나라의 K-문화에도 엄청난 힘을 불어넣어줄 잠재력을 갖고 있다. 제주 신화에 관한 책도 여럿 출간되어 있으니 꼭 읽어보시기를 권한다. 그리스·로마 신화만 흥미롭게 바라볼 필요가 없어질 것이다. 언젠가는 제주의 신들이 배우와 CG의 결합으로 되

살아나 할리우드를 집어삼킬 날이 올 거라고 확신한다. 시나리오를 구성해 먼저 저작권을 등록하겠다고 손드는 사람이 갑 오브 갑이 될지니…… 난 분명히 말씀드렸다.

방대한 제주 신화 중에서 송당 본향당에 관한 이야기만 요약해보려고 한다. 바다 건너에 살던 백주또(금백주)라는 여신이 제주에 와서 한라산의 사냥신인 소천국을 만나 혼인을 한다. 이 커플은 아들 열여덟, 딸 스물여덟을 낳고 화목한 생활을 하는 듯했다. 그러나 농경생활을 하던 곳에서 온 백주또는 소를 이용해 밭을 갈며 생계를 이어가려 한 반면, 태생부터 수렵인인 소천국은 일을 해야 할 소를 잡아먹으면서 갈등이 생기고, 둘의 결혼생활은 파경을 맞게 된다. 결국 이혼 도장을 찍은 후 백주또는 자식들을 데리고 소천국의 곁을 떠난다.

한편 아들 중의 하나인 궤네기는 이혼한 아버지를 만나러 가 감히 아버지의 수염을 잡아 뜯게 되는데, 이에 불경죄를 선고받고 무쇠 궤짝에 갇혀 바다에 던져지는 형을 받는다. 죽은 줄로만 알았던 궤네기는 용왕국 사람들에 의해 구출된 뒤 훗날 어머니의 나라를 먼저 평정하고 고향인 제주 섬으로 위풍당당하게 귀환했으니…… 쫓아낸 아들이 군사를 이끌고 돌아온 것을 목격한 부모는 얼마나 놀랐을까. 아버지인 소천국은 겁을 먹고 도망가다가 절벽에서 추락사했고, 어머니인 백주또 역시 목숨을 잃게 되었는데…….

백주또가 죽어 좌정한 곳이 바로 이곳 본향당 자리다. 나중

송당 본향당. 무속인들이 자주 찾는다.

송당 본향당과 당오름의 입구에 세워진 백주또의 자녀들 석상.

에 그녀가 낳은 아들과 딸들, 또 그들의 자식들은 제주 곳곳으로 흩어져 각 마을을 지키는 당신堂神이 되었다고 하니, 송당의 본향당이 제주 본향당의 으뜸이 되는 까닭이자 마을마다 당이 존재하는 이유다. 본향당의 뒤로는 당오름이 자리하고 있어 한층 신성한 기운을 내뿜는다. 당이 있는 곳의 오름이 당오름일 테니 제주의 많은 오름이 당오름이라는 이름을 공유하고 있다는 걸 알아차릴 수 있다.

귀여운 발음이라 백주또의 '또'가 궁금해졌다. 제주인들이 신을 칭하는 말이라나. 백주또의 아들 궤네기 역시 궤네기또라고 불리기도 한다. 신의 자식이니 당연한 것 같으면서도, 아빠의 수염을 뽑아버린 호래자식에게 신의 지위를 부여한 게 맞는 건지 갸우뚱하게 한다. 권토중래의 위업에 비추어 마땅한 대접을 받는 것일까. 하긴 술에 취해 사는 신도 있는 저쪽 그리스에 비하면 제주의 신은 양반이다.

백주또의 모습을 상상하며 길을 걷는데 복권 판매점이 눈에 들어온다. 아하, 전지전능한 신을 '또'라고 부르는 것이 이렇게 와닿을 줄이야. 현대판 전지전능의 대명사 로또가 있었다.

마을신 모시랴 조상님 섬기랴, 제주도민만큼 섬김의 풍속으로 고생하는 지역민이 또 있을지 모르겠다. 본향당신에게 특정한 날에 드리는 제사와 굿은 물론이고, 아이들에게 '벌초 방학'까지 주면서 어른들의 벌초 풍습을 철저히 이어가게 한다. 이제는 많이 사라졌다고 하지만, 피곤함이 풀릴 만하면 상차림을 또 준비해야 하는 잦은 제사의 부담 때문에 육지의 여성들이 제주로 시집오기를 꺼렸다고 하지 않는가. 이 정도면 섬김을, 고생을 넘어 '고통'으로 받아들인 후손도 적지 않았을 터이다.

그나마 다행이라고 할 수 있을까. 제주도민들의 제사상엔 떡이 아니라 카스테라나 롤케이크같이 직접 만들 필요가 없는 '빵'이 올라오는 경우가 많다. 송당의 본향당신인 백주또가 먹는 카스테라라…… 괴이한 접대 방식이라고 생각할 수 있지만 나름의 이유가 있다. 쌀이란 작물을 도통 구할 수 없었던 이 척박한 섬에서 쌀로 만든 떡을 올리는 대신 보리가 원료인 빵을 올리는 편이 나았고, 가까운 일본에서 들여온 카스테라가 대표적인 빵으로 자리 잡게 되었다는 것이다.

제주의 차례상이나 제사상에 올라 있는 카스테라를 보고 신기해하는 사람들이 많다고 하는데, 왜 나는 하나도 이상하지 않은 것일까. 염불보다 잿밥이라고, 절을 하면서도 마음은 온통 상 위에 놓인 초코 케이크에 가 있던 어릴 적 기억이 떠오르기 때문이겠다. 게다가 조상님이 초딩 입맛이라면 그에 맞는 메뉴를 올리는 게 후손의 도리 아니겠는가.

그래서 전혀 이상하지 않은 것이다.

송당에서의 카스테라가 말이다.

동에 번쩍 서에 번쩍

차귀도에서
수월봉

TV에 산티아고 순례길을 걷는 사람들이 나온다. 부러움이 슬며시 차오르는 순간, 이 순례길의 전체 길이가 무려 8백 킬로미터가 넘는다는 자막이 나온다. 이건 힐링이 아니라 고행에 가깝겠구나 싶다. 실제로 성 야고보가 예루살렘에서 순교한 뒤 제자들이 시신을 수습해 이곳 이베리아 반도의 구석까지 와서 매장했다고 하지 않는가. 시신을 지고 이동했다면 당연히 고행이 뒤따랐을 터, 산책처럼 편안할 리는 없었을 것이다.

그래서 제주의 올레길이 더 고맙고 동네 산책길이 더 친근하다. 종교로 빚어진 비극이 가득한 유럽 이상으로 뼈아픈 역사를 품고 있는 제주 섬이지만, 모두에게 부담 없는 힐링의 길을 선사하고 있으니, 이 어찌 감사하고 또 감사할 일이 아닐 것인가.

많은 사람이 이처럼 걷는다. 힐링을 위해서 걷고, 정화淨化를 위해서 걷는다. 눈금으로 확인할 수 있다면, 우리의 에너지 레벨은 힐링의 산책 후에 최고조로 높아질 것이고, 순수함은 정화의 순례 후에 불순물 0퍼센트의 완벽한 상태에 도달할 것이다. 그러나 우리의 몸과 마음은 항상성을 금세 잃는 법, 일상의 스트레스로 기력은 떨어지고, 도처에 가득한 물질생활의 유혹에 굴복해 자석에 철가루가 달라붙듯 속세의 때가 덕지덕지 눌어붙는다. 여기서 걷기의 진정한 목적이 드러난다. 바로 걷기란 '다시 더럽혀지고 피곤해지기 위한 일련의 준비 과정'이라는 것. 신성한 걷기를 폄훼하는 문장인 것을 인정하나 실상이 그렇지 않은가? 마치 술을 마시기 위해 평소에 꾸준히 운동하는 것과 별반 다를 게 없어 보인다. 그리고 그런 사람을 정말 많이 알고 있다. 그나마 틈틈이 운동했던 예전의 나를 포함해서.

옆 페이지의 사진을 잘 보았으면 한다. 푸른 하늘에 지평선 위로 굴곡지게 솟아 있는 왼쪽의 오름들이 썩 멋들어지다. 사진 속 오른쪽 길을 따라 당장 오름군群 앞으로 달려가고 싶다.

차귀도 포구의 다른 이름인 자구내 포구를 처음 찾은 날, 바로 사진 속의 저 지점에서 나는 어서 빨리 가닿고 싶은 충동을

자구내 포구로 가는 쭉 뻗은 노을해안로.

오름의 정체, 차귀도.

차귀도의 용맹한 자태. 섬의 왼쪽부터 매의 부리와 머리, 한껏 추켜올린 날개의
형상이 이어진다.

느꼈다. 하지만 속았다. 나는 완벽히 속고 말았던 것이다. 저 오름들의 정체는…….

　오름으로 착각한 것의 정체는 '섬'이었다. 지평선으로 보인 것은 수평선이고, 볼록 솟은 것은 오름이 아니라 섬이라니…….
하지만 '바다 위에 떠 있는 오름'이라고 생각하면 꼭 틀린 것도 아니겠다. 자구내 포구로 향하는 노을해안로의 하이라이트는 그래서 차귀도가 섬인 것을 확인하는 바로 그 찰나, 바다의 푸른빛이 시야에 막 들어오는 그 순간이다. 가와바타 야스나리의 소설 『설국』의 첫 문장이 떠오른다. "터널을 지나자 설국이었다." 고속으로 급변하는 백광白光의 포인트이자 형제해안로에서 오르막을 넘어 산방산을 화들짝 마주하게 되는 변곡점, 그리고 김영갑 사진작가가 말한 "삽시간의 황홀"과 궤를 같이하는 반전의 최고봉이다. 술을 마시는 데 필요한 체력을 기르기 위해 걷기를 반복했던 힐링과 정화의 공간, 자구내 포구로 다시 향한다.

　자구내 포구의 거의 모든 횟집 사장님들은 곧 관광 낚싯배의 선장님이다. 낚싯배에 탄 손님들이 직접 잡은 물고기를 재료로 회와 매운탕 혹은 맑은 지리까지 풀코스로 제공한다. 자구내 포구의 앞바다는 수심과 해류의 조건이 맞아떨어져 고기가 많이 모이는 곳이라고 한다. 물의 투명도는 단연 최상급이다. 제주에서 손쉽게 배낚시를 하고 싶다면 자구내 포구로 올 일이다. 선장님들의 탁월한 능력으로 프로 낚시꾼이 아니더라도 누구나 풍성한 어획고를 기록할지니.

준치가 맛있게 말라가고 있는 자구내 포구. 원양에서 잡은 오징어를 제주에서 건조한 게 준치다. 맛과 크기가 오징어와 한치의 중간 정도라서 '중치'라 부르다가 '준치'로 바뀌었다고 한다.

발을 딛고 서 있는 이곳은 분명히 자구내 포구인데, 나중에 어디를 가봤느냐고 물어보면 사람들은 차귀도를 다녀왔다고 말한다. 바다 건너 무인도인 저곳에 발을 들여놓은 건 아닌데도 말이다. 그만큼 제주의 서쪽 끝 이 힐링의 구역에서는 차귀도가 주인공이다. 자구내 포구는 전혀 억울해하지 않은 채 웅장한 차귀도를 위해 아름다운 조연을 자처하고 있다. 달을 가리키는 손가락인 것인가.

몇 개의 부속 섬들을 합해 부르는 '차귀도'란 이름은, 국뽕까지는 아니어도 '섬뽕'을 유발하는 작명의 유래가 있었다. 중국 송나라의 호종단이 제주에 와 기운을 살펴보니 훗날 이 섬에서 중국에 대항할 영웅이 나온다는 걸 감지했다나. 덜컥 겁이 난 그는 제주의 지맥과 수맥을 끊고 서둘러 본국으로 귀환하려고 출발했는데, 한 마리 매로 변한 한라산의 수호신이 호종단이 타고 가는 배의 돛대 위에 앉았고, 순간 돌풍이 일어 배가 가라앉았다는 전설이다. 즉 중국인들이 '돌아가는^歸 것을 막았다^遮'고 해서 '차귀도^{遮歸島}'라 불리게 되었다는 것이다. 실제 차귀도의 모습을 바라보면 한 마리 맹금류가 당당하게 날갯짓을 하기 직전의 순간이 그대로 묘사된 듯하다. 이 정도면 썩 괜찮은 작명 스토리텔링이다. 앞의 사진을 보시라, 그렇지 않은가.

관광객들은 제주의 서쪽 끝 이곳에서 차귀도를 조망하며 눈의 호강을 누리는 것 외에 학술적인 현장까지 답사할 수 있다. 특히 자구내 포구에서 수월봉에 이르는 구간의 지질 트레일 코스를 걷다 보면 화산암의 퇴적층이 적나라하게 구분돼 쌓여 있는 절벽을 볼 수 있는데, 마치 티라미수의 절단면을 확대한 느낌이 들게 한다. 지금 살짝 허기가 져서 그렇게 보이는 걸까. 아무튼 그렇다. 유네스코가 인정한 세계지질공원답게 이전엔 보기 힘들었던 지질 탐방객들이 드문드문 눈에 띈다. 트레일의 한쪽을 따라 이어진 절벽을 유심히 살피며 걷는 그들의 모습에서 제주 관광의 새로운 가능성을 모색해보게 된다.

마그마는 여러 유형의 물(지하수, 바닷물, 호수, 빙하)과 반응해 수성화산체를 만들게 되는데 수월봉은 그중 대표적인 응회환이라고 한다. 용어가 어렵지만 성산일출봉과 비교해보며 한 겹만 더 들어가 보자.

먼저 응회구tuff cone와 응회환tuff ring의 차이다. 응회구는 비교적 수면 가까이에서 일어난 화산 폭발로 만들어진 지형으로 50미터 이상의 높이에 경사가 급한 화산체를 말한다. 분화구도 좁고 얕다. 반면 응회환은 깊은 지하의 폭발로 형성돼 고리 모양의 분화구가 크고 깊으며 경사가 완만한 낮은 화산체이다. 5천 년 전 얕은 해안에서 분출한 마그마가 바닷물과 반응해 만들어진 성산일출봉은 지표 부근의 핀포인트 폭발로 형성된 결과물이기 때문에 해당 지점에서만 화산재 층이 높게 쌓여 있다. 이와 달리 수월봉은 약 1만 7천 년 전에 분출한 화산 폭발의 결과물이다. 당시 제주도는 섬이 아니라 육지의 화산이었던 까닭에 자연

자구내 포구에서 수월봉 하단으로 이어지는 지질 트레일 코스.

대표적인 응회구 화산체인 성산일출봉.

대표적인 응회환 화산체인 수월봉과 그 자락.

수월봉 아래의 기이한 암석. 전설 속의 맹수를 닮았다.

히 마그마가 바닷물이 아닌 지하수와 반응해 만들어진 수성화 산체가 수월봉인 것이다. 뾰족하게 솟아 있는 응회구인 성산일 출봉과 달리, 깊은 지하의 강력한 폭발로 화산재 층이 넓게 퍼져 나간 응회환의 특성을 가진 수월봉은 야트막한 언덕의 이미지 를 간직하고 있다. 또한 깊은 땅속에서 폭발했으니, 화산재 층은 물론이고 여러 기반암 물질을 함유하고 있는 게 당연하다.

자구내 포구에서 이어진 길이 수월봉의 오르막과 겹치는 부분에 우뚝 솟아 있는 암석이 재미있다. 궁궐이나 사찰을 지키 는 사자 혹은 해태의 형상이 아닌가. 바로 아래에서 고개를 들 어 올려다보면 겁을 주려는 듯 입을 떡 벌리고 있는 전설 속 맹수 의 모습 그대로다. 자연이 빚어낸 스타카토 같은 작품이 아닐까. 아래에서 맹수와 똑같은 표정으로 사진을 찍는 관광객이 제법 있을 성싶다.

제주의 지형과 지질을 탐방하는 이번 여행은 제주 섬의 서 쪽 끝에서 시작했지만, 제대로 탐험하기 위해서 제주의 동서를 종횡무진으로 넘나들 것이다. 멀미약은 준비되셨는지……. 거 문오름을 위시한 제주의 동부, 산방산과 용머리해안을 아우르 는 남서부, 하논 분화구의 독특한 지형을 안고 있는 남부를 비롯 해 제주의 허파인 곶자왈의 구석구석을 모두 둘러봐야 제주 지 질의 본질을 파악할 수 있겠지만, 일정이 그리 넉넉할 수는 없다. 이 신비한 화산섬의 지질을 진지하게 탐구하고자 하는 사람이 있다면 사실 첫 방문지로 추천할 만한 곳이 따로 있다.

제주 지질의 특징이 망라되어 있는 곳, 바로 '제주돌문화공원'이다. 게다가 제주의 삼다 중 하나인 '돌'이 환상적으로 줄지어 있는 광활한 무대이니만큼 자칫 지질 공부라는 본래의 목적에서 벗어나 공원 자체의 이국적인 분위기에 압도당할 수 있다는 점은 유의하자.

조천읍 교래리에 위치한 제주돌문화공원은 그야말로 압도적이다. 공원으로 조성된 대지 면적만 1백만 제곱미터에 이른다. 가슴이 뻥 뚫리는 야외 공간은 기본이고, 설문대 할망의 형상을 한 돌박물관에서는 제주 섬의 탄생부터 각 지역 지질의 특성을 해설사의 친절한 설명으로 배울 수 있다. 과거 북제주군과 탐라목석원의 공원 조성 협약으로 시작된 돌문화공원은 천혜의 원시림을 최대한 보존하면서 만들어져 지난 2006년에 문을 열었다. 제주 섬을 창조한 여신 설문대 할망과 오백장군의 돌에 대한 전설을 테마로 삼았다고 하는데, 기증과 수집을 통해 소장하게 된 돌과 암석들이 제주 지질의 역사를 선명하게 보여주고 있다. 어찌 환상적인 예습 장소가 아닐는지. 돌문화공원을 방문한 후 수월봉 지질공원을 찾게 되면 은근히 여유로워지면서 슬며시 미소가 지어질 법하다. 이게 바로 테마 관광의 모범이 아니고 무엇일까.

이제 제주 낙조의 성지, 즉 노을 맛집인 수월봉으로 올라갈 차례다. 약간은 골치 아팠던 지질 이야기는 잊자. 한여름의 무더

제주돌문화공원의 오백장군 군상.

제주돌박물관으로 가는 길에 서 있는 '어머니를 그리는 선돌'.

지하에 전시관이 있는 제주돌박물관의 상부에는 그림 같은 하늘연못이 있다.

수월봉 정상에서 바라본 차귀도.

위가 두렵다면 차를 타고 가도 좋다. 정상 부근에서 주차도 가능하니까. 그 외의 계절엔 걸어 올라가자. 그래봤자 낮은 응회환 아닌가. 어머니의 병을 고치기 위해 봉우리 절벽의 약초를 따려다가 그만 실족해 숨졌다는 수월이의 전설이 그대로 봉우리의 이름이 되었다.

대단한 위용으로 시야를 가득 채웠던 차귀도는 이곳 수월봉 꼭대기에서 내려다보면 아기자기한 장식품으로 변해버린다. 해가 지려면 아직 한참을 기다려야 하지만, 언젠가 이 자리에서 바라봤던 해넘이가 눈에 선하다. 제주에서 경관이 특히 뛰어난 열 곳을 선정한 영주십경瀛州十景(영주는 제주도의 옛 지명)에서는 '사봉낙조紗峯落照'라 하여 해넘이 명소를 제주시 사라봉으로 규정하고 있지만, 나는 '수봉낙조水峯落照'라 하겠다. 개인의 취향은 제주의 선조들이라도 막지 못할 터이다. 아, 그러고 보니 성산일출봉 대 수월봉의 구도가 재미있다. 응회구 대 응회환, 일출의 명소 대 일몰의 맛집…… 무엇이든 라이벌이 있어야 한층 재미지는 법이다.

하루 종일 야외 촬영을 해도 힘이 남아돌던(술 마시기 위해 운동을 할 필요도 없던) 시절, 하루는 제주의 전통주인 고소리술의 명인을 만나 제조 과정을 배워보는 촬영을 했다. 〈6시 내고향〉이었던 것으로 기억한다. 한경면에서 고소리술을 만들고 계신다고 하니, 마지막 장면은 무조건 수월봉이라는 담당 PD의 말. 소중히 내린 술을 방울방울 모아 한 병의 고소리술이 채워졌고, 명인과 나는 수월봉에 올라 잔디에 앉았다. 바다를 바라보는 한 방향의 시선, 순백의 잔에 또르르…… 투명하기 그지없는 고소리술의 낙하.

아까 말씀드렸다. 이번 글에선 동서를 정신없이 넘나들 거라고. 수월봉과 돌문화공원에 이은 세 번째 순간 이동이다. 김희숙 명인과 함께 술 만들기 체험도 할 수 있는 '제주 술 익는 집'이다. 표선면에 있으니 정확하게는 제주의 동남쪽이라고 해야겠다. 서쪽 한경면의 명인에게 제조법을 배운 게 너무 오래전 일이라 당최 기억이 나지 않는다. 한경면의 반대편인 이곳에서 다시 한 번 고소리술의 복습에 들어간다.

증류주를 만들 때 쓰는 그릇으로, 위아래를 겹쳐서 사용하는 소줏고리의 제주 말이 바로 '고소리'다. 벽에 걸린 제조법 안내문을 보니 재료 씻기, 누룩 만들기, 고두밥 만들기, 발효, 증류, 저온 숙성 등 모두 여섯 단계다.

고소리가 필요한 것은 다섯 번째 단계로 발효가 끝난 술을 넣고 증류하는 과정이다. 숙성하는 과정이 남아 있지만, 방울져 떨어지는 고소리술의 원초적인 풍미를 그대로 식도로 넘겨도 좋을 것이다. 이름처럼 고소하지는 않겠지만.

다시 수월봉. 마지막 이동이다. 더 이상의 멀미는 없을 것이다. 제주의 전통 갈옷을 입은 고소리술의 명인은 나를 바라보고

표선에 있는 '제주 술 익는 집'.

고소리.

지긋이 미소를 짓는다. 선수들만 아는 신호로 건배의 시간이다. 절경을 자랑하는 수월봉의 꼭대기에서 산들산들 불어오는 바람과 함께 명인이 만든 술이라니…… 출연료는 퉁 쳐도 그만이다. 일의 보람이란 진정 이런 것인가. 차귀도가 떠 있는 망망대해를 잠시 바라본 뒤 잔을 입속에 털어 넣는다. 잔이 작을수록 원샷은 필수니까.

아! 0.5초 뒤에 찾아오는 식도의 고통. 40도의 독한 증류주가 위력을 발휘한다. 분위기에 취해 빈속을 독주로 적셔버렸다. 아무리 정신없어도 준치 다리 하나쯤은 들고 왔어야 했다. 안주 없냐는 강렬한 눈빛을 보냈지만, 멀찍이 서 있는 PD는 고개를 가로저을 뿐이다. 경험이 더 쌓여야 한다. 야외 촬영 때는 어떤 변수가 생길지 모른다는 걸 알았어야 했다.

그래도 엔딩 장면을 고소리술과 함께라니
이만하면 수봉낙조의 화룡점정이다.
붉은 노을이 더 붉어진다.
잊지 못할 호사가 아닐 수 없다.

느영나영

(너랑나랑)

나이 들어 안심인 이유

제주시
한울누리공원

"앗 뜨거!"

어떤 곳에 들어갔다 나왔는지 뻔히 알면서도 그만 정신 줄을 놓고 말았다. 한지로 겹겹이 쌓아 묵직해 보이는 꾸러미에 손을 대는 순간, 화끈한 열기가 전해졌다. 잠시 자루가 식기를 기다린 다음 다시 살짝 눌러보니, 이번엔 뜻밖에도 따뜻하고 부드러운 밀가루 같은 감촉이 느껴진다.

경기도 광주에 있는 한 공원 분묘에서 할아버지와 할머니의 유골을 수습해 화장을 했다. 제주로 옮겨서 모실 계획이었다.

그해 2016년은 윤년이었다. 많은 사람들이 윤년의 윤달에 조상의 묘를 개장해 이장하곤 한다. 손億 없는 날에 결혼과 이삿날을 잡는 게 몸에 밴 우리인데, 돌아가신 분의 흔적을 이동시켜야 하는 날은 오죽할까. 윤년의 윤달은 장묘업체가 쾌재를 부르는 대목 중의 대목이기도 하다. 코로나19의 습격으로 2020년 도쿄 올림픽이 전례 없이 연기되었지만, 매 올림픽이 열리는 해가 곧 윤년이니 기억하기 어렵진 않겠다.

한지로 쌓인 꾸러미를 제주로 옮겨 오는 날, 두 분을 배낭 속에 모시고 오는 여정은 할아버지 할머니를 업고 가는 효도 관광인 듯 이상하리만치 편안했다. 마침내 개장改葬이라는 실례를 무릅쓰고 두 분을 제주의 품속에 안겨드리게 되었다. 봉분과는 비교할 수도 없는 좁은 공간이었으나 화목장花木葬이라는 이름 그대로 꽃과 나무 사이에 계시게 되었으니, 손자를 크게 나무라시지는 않을 것 같다.

하늘색이 워낙 좋아 퇴근 후에 두 분이 계신 '한울누리공원'을 찾았다. 전경이 일품이다. 살아 있는 사람들마저 탐이 날 정도의 터가 아닌가. 하긴 후손들이 양지바른 곳을 고르고 골라 낙점한 명당이니 살아 있는 사람들에게도 훌륭해 보이지 않을 리 없다. 일반 수국보다 한층 질박한 멋이 나는 산수국이 지천이고 등 뒤엔 멋진 오름이, 눈앞엔 푸른 제주 바다가 장관이다. 그래서일까. 조상을 그리며 공원을 찾은 후손들의 표정이 그리도 넉넉할 수 없다.

제주시가 관리하는 자연 장지 '한울누리공원'의 풍경들.

탐색할 가치가 있는 제주의 공간들 속에 장지를 포함시킨 것은 철학적인 이유라기보다 드라마틱한 뷰 때문이다. 사유지가 아닌 게 얼마나 다행인지 모르겠다. 한라산 기슭의 어승생악이 가까운 중산간 지대지만 이곳의 주소는 명백히 제주시 '연동'이다.(도로명은 제주시 산록북로 70.) 신제주 한복판에서 1100도로 방면으로 15분가량 차를 달리면 도착할 수 있어서 접근성도 뛰어나다. 가파르지도, 그렇다고 아주 완만하지도 않은 한라산 자락의 경사지에 5만 기를 안장할 수 있는 규모의 공원이 자리 잡고 있다.

잔디형, 화초형, 수목형, 정원형으로 구획이 나뉘어 있는데, 40년이란 사용 기간에 비해 도민 10만 원, 비도민 20만 원(정원형은 제외)이란 사용료는 유족의 부담을 덜어주기에 충분하다. 게다가 잔디를 비롯한 주변 환경 관리를 시에서 도맡아 해주니 고맙기 그지없다. 망자를 떠나보내는 길에 효율과 경제성만을 내세우는 것 같아 인간미가 떨어질 법도 하지만, 할아버지 할머니도 손자의 부담이 줄어든다는 걸 알게 된다면 반색하지 않으실까. 덤으로 숨 막히는 장관이 두 분의 눈앞에 펼쳐져 있으니 가성비는 끝판왕 그 자체다. 요즘 공동주택의 분양가 산정에 조망권이 얼마나 중요하게 반영되는지 다들 알고 계시지 않은가. 조망만 놓고 보면 이곳은 공원 묘원계의 '강남'인 것을.

그렇다면 여행자의 입장에서 한번 보자. 제주의 풍경을 찾으려고 굳이 한울누리공원까지 올 필요가 있을까. 공원이라 해도 어쨌든 묘지가 아닌가. "장쾌한 제주시의 스카이라인을 감상하기에 일품이니 무조건 이곳으로 오세요" 하는 말이 섣불리 나오기 힘들다는 뜻이다. 그래도 한 번은 와볼 필요가 있는 이유 두 가지를 들어보려고 한다.

먼저 제주시의 전경과 광활한 북쪽 바다를 이곳만큼 한눈에 감상할 수 있는 포인트는 흔치 않다는 것이다. 상대적으로 내리막길 전망 포인트가 많은 서귀포 쪽과는 달리, 북쪽은 장애물이 없어 시내권을 넘어 바다까지 뻥 뚫려 보이는 중산간 스폿을 찾기가 쉽지 않다. 두 번째는 한울누리공원과 같은 자연 장지 설립의 공적 기능일 수 있겠다. 유족들과 후손들로 언제나 넉넉함을 연출하는 공원 묘원의 모습은 우리 사회의 이상적인 풍경이 아닐까. 자치단체는 주민들의 공원 방문과 이용을 유도해 사회 복지 역할을 수행하고, 땅속에 묻혀 있는 조상들은 산 자들의 잦은 왕래에 흐뭇한 미소를 지을 수도 있을 테니 말이다.

그러니 한 치의 망설임도 없이 가시라. 떠들썩하지 않은 차분함으로 북제주의 기운을 오롯이 내 것으로 만들 수 있는 보석 같은 공간이니까.

조부모님을 옮겨드린 지 4년 뒤에 아버지가 돌아가셨다. 코로나 상황에서 안타까운 이별이었다. 다시 한울누리공원을 찾았다. 이곳에서는 일반적인 봉분 묘원처럼 다음에 묻히실 분의 자리를 미리 점찍어놓지는 못하지만, 그래도 이 묘지공원만 한 곳이 또 어디 있으랴. 망설임 없이 부산에서 숨을 거두신 아버지의 흔적을 들고 당신의 부모님 곁으로 왔다. 정확히 말하면 곁은 아니었다. 4년의 시간 동안 주변의 빈자리가 거의 채워진 바람에 공원의 가장 아랫부분에 모셨으니까. 아쉽긴 해도 이만하면 지척이다. 제주의 장관을 세 분이 함께 실컷 감상하시길.

이제 조문을 가는 일이 일상이 된 나이가 되고 보니, 죽음이란 특별할 것 없는 인생의 한 이벤트일 뿐이라고 담담하게 받아들이게 된다. '무뎌진다'는 의미로 해석될 수는 없다. 급작스럽게 끝을 맞은 몇몇 비극을 제외하면, 한세상 그럭저럭 살다 적당한 나이에 삶을 마친 이들을 추모했던 기억이 대부분이기에, 억장이 무너지는 슬픔보다 애잔함이 더 많이 남아 있는 탓인지도 모르겠다.

한 사람의 죽음은 곧 그만큼의 세상의 종말이자 우주의 상실이다. 죽음을 추모하는 것이 근조 봉투에 무심하게 넣은 돈을 유족에게 전달한 뒤 육개장 한 그릇 후딱 비우고 돌아오는 요식 행위는 아닐 것이다. 철저하게 규격화된 추모 행사에 개탄스러울 때가 많다. 세월이 갈수록 무정해지는 인간사가 죽음의 형식화를 부추기는 큰 원인인가 싶다가도, 상실의 공포를 사전에 차단하려고 우리 스스로 죽음을 일상화시키고 있는 건 아닐까 하고 생각하니 그 또한 이해가 안 되는 것도 아니다.

누구도 입 밖으로 꺼내기 싫지만 누구나 직접 겪어야 하는 것이 죽음의 과정이다. 100세 시대가 눈앞으로 다가오면서 웰다

잉well-dying에 대한 정보가 밀물처럼 들이닥친다. 세상을 마무리하기 전에 최대한 건강한 신체를 유지하도록 노력하고, 죽음을 당연한 과정으로 받아들이며 긍정적으로 여생을 보내자는, 심리적 안정감을 강조하는 내용이다. 결국은 죽음에 대한 두려움을 경감시키는 것이 웰빙과 웰다잉의 전제 조건임을 우리에게 알리려는 목적이겠다.

죽음 '후'의 공포는 무엇을 말하는 걸까? 역설적이게도 죽음 후의 공포를 느낀다는 것은 죽음 뒤에 다른 삶이 있음을 전제하는 것이니, 죽음 후의 '삶'이 두렵다는 뜻이 되고 만다. 만약 죽음이 나의 회로가 영원히 꺼져버린다는 의미라면 두려울 것은 아무것도 없다. 유신론자나 영혼의 존재를 믿는 사람과는 달리 죽음을 액면 그대로 나의 모든 것에 대한 전원 차단이라고 확신하는 사람은, 도대체 두려워하고 싶어도 그럴 수가 없는 일이다. '두렵다'는 감정과 관련된 뇌 신경세포들의 전기적 연결을 통해 자극이 발현돼야 두려움이란 것을 느낄 텐데, 그걸 담당하는 신체가 기능을 멈춰버렸으니 스위치 오프 그 이상도 그 이하도 아니라는 소리다. 나 없는 사후는 내 알 바가 아니다.

많은 사람들이 믿는 대로 우리 몸의 전원이 꺼짐과 동시에 영혼이 몸 밖으로 빠져나와 숨진 나 자신을 바라본다면, 그건 보통 심각한 문제가 아닐 수 없다. 이제 막 영혼이 된 나를 상상해본다. 내 주위에서 목 놓아 울고 있는 나의 배우자와 가족들을 바라보며, 남겨진 사람들이 어떻게 살아갈지 안타까움을 금할

길이 없다. 에너지 상태로 떠도는 덕에 나의 소중한 사람들을 빛의 속도로 둘러보니, 내 생각과 다르게 나의 죽음을 그다지 슬퍼하지 않는 친구도 보인다. 괘씸해 미칠 지경이다. 저 하늘에서 한 줄기 빛이 내려오는 것도 같은데, 그 빛을 따라 올라가버릴지 조금 더 여기 머물러 있을지 고민도 한가득이다. 이대로 빛을 따라가서 심판을 받으면 혹 천국으로 가지 못할 수도 있겠다는 걱정에 몸서리가 쳐진다. 몸이 없어도 몸서리가 쳐진다는 느낌에 소름이 끼친다. 아, 소름이란 것도 없겠구나. 그러다가 '이 정도면 커다란 악행을 저지르지 않고 성실히 살아온 편이 아니겠어' 하는 자신감이 슬그머니 샘솟는다. 빛을 따라 오르려는 순간, 아들과 딸, 손주들의 얼굴이 눈에 밟힌다. '딱 한 시간만 더 있다 갈까, 그때는 빛이 다시 내려올까?' 하는 미련이 고개를 든다. 살아 있을 때보다 골치가 더 아프다. 골도 없는데 골치가 아픈 것에 혼란을 느낀다. 내가 아직 살아 있는 건지, 내가 영혼이라는 존재가 맞는 건지도 모르겠다. 차라리 아무것도 느끼지 못하면 좋을 거라고 한탄하며 영안실에 누워 있는 나를 다시 바라본다.

한울누리공원의 맞은편을 바라보니 나무가 빼곡한 오름 아래에 제주 전통의 무덤들이 또렷하게 보인다. 무덤 주위를 둘러싼 돌담을 뜻하는 '산담'은 제주의 풍경 그 자체가 된 지 오래다. 나를 닮은 나를 복제하며 세상은 끊이지 않고 이어지지만, 우리는 태어나 사랑하고 기뻐하고 슬퍼하다 언젠가 자연으로 돌아

표석이 한울누리공원의 가장 아랫부분까지 들어차서
이제는 여유 공간이 얼마 남지 않았다.

제주 전통 방식인 산담이 둘러진 무덤.

가야 한다. 반짝이는 삶에서 아름답지 않은 사람은 한 명도 없다. 아름답게 살아간다는 것이 곧 아름다운 마지막을 맞는 방법임을 점점 더 믿게 되는 건 자연스러운 성숙의 과정인 것일까.

힘들게 제주도까지 효도 관광을 모셨다고 어깨를 으쓱해본다. 그동안 그런저런 경치만 보느라 지루하셨다면 이제 제주의 하늘과 바다를 실컷 즐기시기를. 세 분께 손자와 아들은 신경 쓰지 말고 따뜻한 남쪽에서 평안히 쉬시라고 명패를 바라보며 말씀드린다. 괜히 부담되게 나만 잘 되게 해달라고 떼쓰는 일은 없을 테니…… 영혼이 남아 있다면 들으실 테고, 영혼이 없어도 상관없겠다. 내 마음속엔 영원히 살아 계신 세 분이니 말이다.

"이제 집으로 가볼게요. 오늘은 바람이 쌀쌀하네요."

손자가 감기 걸리면 싫어하실 것 같다.

"그렇죠, 할아버지 할머니?"

"제 말이 맞죠, 아빠?"

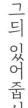
그디 있어줘서

제주시
민속오일시장

오랜만에 오일시장을 찾았다. 시골에 집을 짓고 살자니 농기구와 채소 모종, 강아지 목줄에 이르기까지 마련할 것들이 어찌나 많은지. 오일장을 동네 편의점처럼 들락거릴 때가 있었다. 사실은 무얼 구입하려는 목적이 없더라도 막걸리 한잔 걸치러 부러 찾아가기도 했으니……. 한참 만에 방문하다 보니, 게으름을 피우느라 한동안 애인과의 데이트에 소홀했던 것과 같은 죄책감이 피어오른다. 그래도 오일장 경험만 몇 년인가. 제주시 민속오일시장의 섹션별 가이드 정도는 지금도 가능하다고 허세를 부려본다.

　많은 제주의 장터 중 대표 격인 제주시 오일장인지라 관광객들이 태반이다. 요즘은 오일장이나 야시장 등이 국내 여행의 필수 코스라고 하지 않는가. 다른 지방의 시장에서는 보기 힘든 제주의 특산물이 시장에 널려 있으니, 외지인들은 한번 들어오면 시간 가는 줄 모르고 둘러보기 마련이다.

　장날을 기다리는 지역 주민과 관광객이 늘어나면서 주차 공간 찾기가 여간 수고스럽지 않다. 물론 큰 덩치의 공영주차장 건물이 새로 들어선 후로 악명 높은 주차난이 어느 정도는 해소된 듯 보인다. 그렇다 해도 2와 7로 끝나는 날에 오일시장 입구 부근의 일주 도로는 그야말로 퇴근 시간의 서울 한복판과 마찬가지다. 장날이니 막히는 것이 당연하지만, 과거 십수 년간 폭발적으로 늘어난 차량의 여파는 상상을 초월한다. 양손 가득히 들고 올 짐을 생각하니 버스를 타기엔 정류장까지 걷기가 부담스럽고, 차를 가지고 가자니 꽉 막힐 도로가 걱정인데다 주차 공간을 차지하려는 총성 없는 경쟁이 스트레스로 다가온다. 제주시 오일장을 갈 계획이라면 아예 마음먹고 아침 일찍 서두르는 편이 낫겠다.

　하긴 장날에 원래부터 붐볐던 오일장 부근의 도로는 이해라도 된다. 한때 러시아워라는 개념조차 존재하지 않았던 제주도의 교통 상황은 제주 이주의 붐에 이은 부동산 열풍 이후로 심각한 지경에 이르고 있다. 전국적인 추이와 맞물려 2021년에 처음으로 인구의 자연 감소가 시작됐다고 하지만, 67만의 인구에 60만 대가 넘는 차량이 등록돼 있으니 일인당 차량 보유 대수가 0.9대에 육박하는 것이다. 전국 평균이 약 0.4대에 그친다는 통계를 보면, 상대적으로 얼마나 많은 차들이 제주의 도로 위를 달리고 있는지 실감할 수 있다.

그러나 제주도민의 살림살이가 넉넉해서 차가 많아진 것 같지는 않다. 유일한 대중교통이 버스밖에 없는 환경에서, 차 한 대 갖고 있지 않으면 이동의 자유가 극히 제한되는 바람에 승용차를 구입할 수밖에 없는 현실이다. 제주로 이주한 뒤 처음 접한 2002년의 통계가 차량 20만 대 미만이었으니 인구의 증가 폭보다 월등한, 그야말로 미친 차량 증가 추세다. 머지않아 삼다도의 요소인 돌, 바람, 여자 중 '여자'를 '자동차'로 대체해야 할지도 모르겠다. 최근의 인구조사에서 남자의 인구가 여자보다 1퍼센트 많은 것으로 나왔으니 당위성도 있다. 돌과 바람은 그대로인 것이 그나마 다행이랄까.

전국의 오일장이 서민들의 쇼핑몰로 자리 잡은 건 17세기 말이었다. 그전에도 장은 열렸으나 간격이 더 길었는데, 보부상이 늘어나고 물물교환의 필요성이 증가하면서 점차 닷새 간격의 장이 보편화되었다고 한다. 거래되는 품목이 주로 농작물이다 보니 기상과 관련된 이유도 있었다. 일 년의 24절기를 보름씩으로 나눈 기氣로 재배치하고, 기를 다시 삼등분한 닷새를 1후候로 세분화한 시간의 길이가 만들어진다. 조상들의 기록에 따르면 우리나라의 날씨가 평균 1후 동안 비슷한 기후를 보이고, 하나의 후가 끝나 다음 후로 넘어가면 다른 패턴의 날씨로 바뀐다고 한다. 그에 따라 농작물의 재배와 추수도 영향을 받을 수밖에 없어서 닷새 리듬에 맞춰 장이 서게 됐다는 것이다.

한편 나흘 일하고 닷새째 날에 쉬는 우리 농민들의 평소 생활 패턴에 맞춰 오일장이 만들어졌다고 보는 견해도 있다. 과거 제주인의 생활양식이 육지부의 전통 농경사회와는 분명히 차이가 있었겠지만, 열심히 일해 수확한 것들을 팔아 생계를 이어가는 방식은 근본적으로 차이가 없지 않았을까. 제주의 장터 운영도 나라 표준인 닷새 간격으로 지금까지 유지되는 것은 퍽이나 자연스러워 보인다.

입구를 들어서서 바로 오른쪽으로 고개를 돌리면 제주의 할망들이 우영팟(텃밭)에서 재배한 채소를 직접 판매하는 '할망장터'가 나온다. 짙은 초록색의 싱싱한 채소를 사며 할망들의 연세를 여쭤보시라. 어느 분에게 물어보아도 짐작보다 고령인 것에 깜짝 놀랄 것이다. 파전이나 부쳐 먹을 요량으로 오른쪽 사진 속에 보이는 할머니께 쪽파를 샀다. 상추와 깻잎, 부추는 매년 모종을 사서 심어놓고 실컷 따서 먹는데, 쪽파를 빠뜨렸기 때문이다. 다시 올 때는 모종 파는 곳을 집중적으로 돌아봐야 할 듯하다.

제주시 오일장 내 할망장터.

오일장의 매력이 최고조에 달하는 때는 역시 봄이 아닐까. 심자마자 자라는 놀라운 생명력을 보이는 채소 모종과, 긴 겨울—제주의 겨울은 기온에 비해 너무도 스산하고 춥다—을 뚫고 자란 형형색색의 꽃들이 이곳에 모여들어 봄 오일장 덕후들을 꿀벌인 양 유혹한다. 겨울에서 봄으로 바뀌는 순간은 어찌 보면 온도의 변화보다 하늘색의 변신인 듯하다. 암울한 회색은 사라지고 티 없이 푸른 하늘에서 투명한 햇살이 내리쬐면 그때부터가 봄이다. 오일장에서 마주치는 봄꽃은 아무리 무질서하게 모여 있어도 새로운 빛을 받아 조화롭게 아름다울 뿐이다.

총천연색으로 장터를 수놓는 꽃들은 왜 이리 사람 마음을 싱숭생숭하게 만드는지 모르겠다. 황홀하게도 아니며 슬프게도 아닌 '싱숭생숭'해서 오묘하다. 갈피를 잡을 수 없어 갈팡질팡한 상태인 것이다.

사람이 볼 수 있는 빨주노초파남보의 가시광선 스펙트럼 중에서 파장이 가장 긴 빨강부터 주황과 노랑까지는 교감신경을 자극해 사람을 흥분시킨다고 한다. 긴 파장이 심장과 신경계의 움직임을 활발하게 하기 때문이지만, 굳이 원리를 파고들지 않아도 왠지 그럴 것 같다. 반대로 파랑, 남색, 보라로 점점 짧아지는 파장의 색들은 심장박동 수와 맥박을 낮추는 효과가 있어, 가라앉고 안정된 기분을 느끼게 만든다고 한다. 색 마케팅의 원리 중 하나지만 누구나 직관적으로 알고 있는 효과이기도 할 것이다. 그래서일까. 그저 진하고 강렬한 아름다움만 느껴지는 것

봄이면 오일장은 곧 화려한 꽃밭으로 변신한다.

도 아니며 우아하고 고상한 매력만 느껴지는 것도 아니다. 복합적이고 싱숭생숭한 봄의 마력이 오일장 꽃들의 마구잡이식 컬래버레이션으로 쉴 새 없이 뿜어져 나오고 있다.

오일장의 생동감은 없는 거 빼고 다 있다는 이유 때문만은 아닌 듯하다. 대량으로 생산한 공산품과 함께 가내수공업으로 직접 만든 것들, 손수 키우거나 재배한 것들이 당당하게 각각의 코너를 채우는 동시에, 대형 마트에선 경험하기 어려운 상인들의 자부심 섞인 호객 행위가 더해진다. 과일이나 묘목, 심지어 호떡 하나라도 오일장의 베테랑 상인들은 자신이 팔고 있는 것의 정체를 속속들이 알고 있다. 껍질 까기가 수월한 한라봉이 어떤 놈인지, 꽃은 언제쯤 피고 열매는 언제 처음 달리는 나무인지, 이 호떡이 다른 곳에서 파는 호떡과 무엇이 다른지, 답하지 못할 질문이란 없다. 자신이 키우고 가꿔왔다는 자부심으로 떵떵거리며 호객할 수 있는 건강함이 모여 오일장 전체의 활력을 만들어내는 것만 같다.

사람과 사람의 손길이 닿는 모든 것에 애착이 더해가는 요즘이다. 스마트폰 화면 위의 능숙한 터치로 모든 것이 해결되는 세상이 당연해질수록 마음은 삶의 현장으로 달려가곤 한다. 잔뜩 구부러진 몸으로 하나하나 키워내 세월의 맛이 더해진 제주 할망들의 푸성귀가 있는 곳, 오일장은 바로 그런 곳이다.

당연하기에 깨닫지 못했던 고마움을 느낀다. 오일장의 상인들뿐 아니라 어깨를 부딪치며 오고 가는 모든 사람들에게서 봄이 되면 더욱 바빠지는 농기구점 안의 대장간.

갈치는 역시 제주 오일장에서.

"뺑이요!" 소리는 제주 오일장에서도 들을 수 있다.

삶의 진한 냄새가 배어 나온다. "뺑이요~!" 소리에 귀를 손바닥으로 틀어막는데 입은 웃고 있다. 오랜만에 빙떡 한 봉지를 사고 나서 우리 집 마당의 빈자리를 책임질 자그마한 묘목을 골라본다. 너무 커버린 나무는 내 자식이 아닌 듯 보여 키 작은 꽃복숭아나무 한 그루를 집어 든다. 봄에 피는 진분홍빛의 꽃이 어찌나 매력적인지.

아차차, 빠뜨린 총각무가 불쑥 떠올라 다시 할망장터로 걸음을 재촉한다. 다른 장터와 비교해 할망장터는 호객의 유혹이 거의 없어서 마음이 편하다. 어서 오라는 손짓과 외침은 없어도 손님을 끄는 기운만큼은 그에 못지않다. 거친 세상을 살아가는 데 도가 튼 달인이자 장인의 공간이다. 할망들이 그 자리에 앉아 계시기만 한다면 언제나 감사하게 달려갈 따름이다.

세상의 변화는 달리는 차에서 얼굴을 내밀고 맞는 맞바람처럼 버겁기만 하다. 바람에 맞서 달리는 일상이 한없이 지친 가슴을 내리누를 때, 제주라는 섬은 그저 가만히 보듬어줄 뿐이다. 제주를 닮은 할망장터의 할망들은 결국 아무것도 버거운 것은 없다고, 이마에 새겨진 주름을 통해 말씀해주신다.

부디 오래오래 그 자리를 지켜주시길.
섬이 그 자리에 있듯이.

헬로
Mr.
구
럼
비

서귀포 강정마을

태풍이 다가오고 있다. 오늘 밤부터는 직접 영향권에 든다고 한다. 내일은 새벽부터 특보를 전하느라 바쁠 것 같다. 출근 전에 야외 테이블과 의자를 접어 보일러실에 넣어두는 걸 깜빡하고 나왔다. 가스통을 벽돌로 단단히 막아놓는 것은 다행히 잊지 않았다.

지금 앉아 있는 카페 건너편에 보이는 숲은 바다로 착각될 정도다. 풍성한 가지의 잎들이 무자비한 바람에 한 방향으로 휘청거리니 파도가 넘실대는 모습을 방불케 한다.

지난주 오랜만에 찾은 곳은 꽤 긴 시간 동안 태풍처럼 매몰찬 바람이 끊임없이 불어닥친 현장이었다. 매서운 광풍에 한마을에 사는 모든 이들의 마음은 갈가리 찢긴 지 오래다. 지나간 듯해도 계속 주변을 맴돌고 있는 비바람은 영원할 것만 같다. 평화의 섬이라는 이곳 제주에는 안타깝게도 대한민국 사회의 공감이 필요한 현장이 너무나도 많다. 동서남북 어디를 찔러봐도 아픈 곳이 나올뿐더러 섬 주민들 사이의 갈등과 반목이 깊어진 곳이 수십 년 전부터 지금까지 허다하게 널려 있다. 한라산의 부드러운 능선과 반짝이는 수평선이 눈부신 '강정마을'도 그중 한 곳이다.

마을 곳곳에서 휘날리던 현수막과 깃발은 이제 그리 많이 남아 있지 않다. 씩씩하게 동네를 누비던 활동가들도 보이지 않는다. 타임머신을 타고 해군기지가 설치된다는 발표 직전으로 돌아간 듯하다. 설치 반대 현수막이 막 내걸린 그때로 말이다.

해군기지 건설 계획이 추진된 건 생각보다 먼 시점이다. 정부가 1993년 제주 안덕면 화순항을 후보지로 낙점한 뒤 1995년 국방 중기 계획에 반영했으니까. 화순 주민들이 유치에 반대하자 남원읍 위미리로 방향을 돌렸다가 이 또한 여의치 않자 2007년 결국 이곳 서귀포시의 강정마을을 해군기지 대상지로 점찍게 되었다.

이곳을 '점찍었다'라고 표현하면 정부에서 억울해할 것도 같다. 강정마을 주민들이 원한 것이고 투표까지 거쳤는데, 어딜

강정마을에서 조망한 눈부신 바다.

여전히 진실 규명을 요구하는 깃발이 휘날리는 강정마을.

봐서 점찍은 것이냐 하는 논리와 함께. 그렇다, 투표를 거친 건 맞다. 2007년 4월 해군기지 유치를 찬성하는 팔십여 명의 주민들만 모여 압도적인 '박수'로 유치를 결정한 건 맞다는 말이다. 단지 마을의 운영 규정에 따라 열린 적법한 총회가 아니었을 뿐이다. 강정마을 주민들은 이 때문에 두 달 뒤 적법한 마을 총회를 다시 열어 찬반을 가리게 되었다. 참석 인원은 7백여 명이었다. 학생 등 외지로 나가 살고 있는 주민들을 제외하면 투표 가능한 인원은 거의 다 나왔다고 봐도 무방했다.

긴장된 분위기 속에서 총회가 시작되는 순간, 해군기지 사업추진위원회의 사주를 받은 찬성 측 주민이 투표함을 탈취해 오토바이를 타고 달아나는 사건이 일어난다. 퀵 서비스도 이 정도로 신속할 순 없다. 주민 총회를 무산시키려는 이 막장극에 해군이 개입했다는 사실이 12년이 지난 후 경찰청 진상조사위원회에서 밝혀지게 된다. 공식적으로 '경찰청'에서 발표했다는 말이다. 투표함 탈취 사건 당시의 마을회장은 임시총회에서 해임됐고, 새 마을회장이 선출돼 열린 또 한 번의 정식 찬반 투표에서는 총 725명 중 680명이 해군기지 유치에 반대표를 던졌다. 그러나 이미 정부와 해군이 앞선 팔십여 명의 찬성을 근거로 기지 유치를 결정한 뒤였다.

확실히 말하지만 이것은 찬성이냐 반대냐의 문제가 아니다. 어느 쪽이건 서로 납득할 수 있는 방법으로 의견이 모아져야 하는 게 중요하다. 만약 해군기지 유치를 반대하는 측에서 기습 투

군함이 보이는 전경.

크루즈 터미널.

표를 통해 마을의 의견을 정리하려 했다면 그 역시 비난받아 마땅하다. 결국 잘 어울려 살던 마을 주민들 간에 되돌릴 수 없는 갈등의 골은 이런 더러운 반칙으로 만들어지기 시작했다.

둥글게 얽힌 철조망이 펜스 위에서 출입 엄금을 알리고 있다. 한달음에 뛰어갈 수 있던 바닷가는 군인과 민간인을 구별하는 장애물로 삭막하게 가로막혔다. '군항軍港'이라는 이미지를 불식시키고자 기괴하게 만들어낸 '민군 복합형 관광미항', 그 하이브리드한 명칭에 걸맞게 크루즈 터미널이 지척에 위치하고 있다. 터미널을 관리하는 필수 인력의 차량 몇 대를 제외하고는 사람 한 명 보이지 않는다. 코로나19의 여파가 아니라도 그간 터미널이 해온 역할은 거의 없었다고 해도 무방할 것이다. 차에서 내려 한 바퀴 둘러볼까 하는 순간, 만나기로 약속한 회장님에게서 전화 호출이 왔다. 부장님도 국장님도 아닌 회장님의 전화인데, 당장 달려가야 마땅했다.

주소를 찍고 가는데 전화가 다시 울린다.

"저희 집은 물통 바로 앞입니다."

목적지에 도착해보니 단박에 '물통'의 정체를 알 수 있었다. 발을 담가 보지 않아도 얼음장 같다는 걸 알 수 있는 용천수가 솟아 나오는 마을의 명소였던 것이다. 그러나 포털 사이트에 '강정마을'이라고 검색하면 마을의 본모습과 어울리지 않게 삭막한 이미지만 나올 뿐이다. 해군기지의 위용, 반대 단체들의 시위

강정마을 안의 '물통'.

모습, 군과 주민의 대치 장면……. 제주의 어느 곳도 이렇지는 않다. 지난 2012년 해군기지 조성을 이유로 강정마을의 상징인 구럼비 바위가 폭파되면서 강정의 이미지는 국방색으로 바뀌기 시작했다. 도내 최대의 너럭바위인 구럼비 바위는 1.2킬로미터의 길이를 자랑하는 온전한 하나의 덩어리로 강정마을 주민들의 든든한 수호신이자 추억의 공간이었다. 구럼비 바위의 폭파는 곧 강정마을 정체성의 상실과 마찬가지였다.

해군기지가 아니었다면 강정이라는 곳은 평화로운 마을의 전경과 구럼비 바위가 보이는 쪽빛 바다, 선명한 한라산 조망 포인트, 손에 잡힐 듯한 범섬의 절경이 자랑스러운 이미지로 검색되었을 게 분명하다. 그러니 강정마을 소년들의 최애 피서지인 이 소박한 '물통'도 쉽게 연관 검색되지 않았을까? 동네 아이들 서너 명은 만면에 건강한 미소를 머금고 효율 만점의 피서를 즐기고 있었다. 이 아이들이 성인이 될 때쯤이면 주민들 사이의 갈등도 완전히 사라질 것인가.

전화 통화는 더러 했지만 얼굴을 뵙는 건 정말 오랜만이었다. 공적인 일도 아니고 개인적으로 몇 가지 여쭤보겠다고 요청한 것인데 너무도 반갑게 응해주시니 고마울 따름이었다. 밭일을 막 끝내고 땀에 흠뻑 젖은 채 돌아오신 분에게 귀찮은 존재가 되어버리고 말았다. 숱한 고생 때문이었을까. 호남형에 당당한 체구를 자랑하던 회장님은 그간 많이 야윈 모습이었다. 그래도 뿜어져 나오는 기백만큼은 여전했으니.

해군의 공사 강행 현장에서.

강동균 회장.

사진 아래에 그저 '회장'이라고만 썼을 뿐이다. 지금은 '강정 마을 해군기지 반대주민회'의 회장이지만, 앞으로 또 어떤 회장 직을 맡을지 모르기에 먼 훗날에 봐도 상관없게 하기 위해서다.

현 해군기지 반대주민회장 강동균 님은 앞서 언급한 주민들의 마을회장 해임과 동시에 새 마을회장으로 선출됐다. 그 엄혹한 시기의 마을회장은 협상과 설득의 능력만 요구되는 자리가 아니었다. 공사 강행 현장에서 해군과 경찰에 온몸으로 맞서다가 심각한 부상을 당한 것은 물론이고, 공사 방해 혐의로 교도소에 수감되기까지 했다. 어디 회장님뿐인가. 해군기지 유치와 관련해서 지금까지 7백여 명이 연행돼 690건의 사법 처리가 이루어졌다. 구속 건수가 36건에 이르고 주민들에게 부과된 벌금은 무려 3억 원에 달한다. 이 과정에서 생업 포기에 따른 경제적 손실이야 말할 것도 없다. 갈등이 극에 달했을 때 실시한 조사에서는 강정마을 주민 중 50퍼센트가 정신건강 '위험군'에 속했고, 극단적인 선택을 생각한 비율이 40퍼센트를 넘었다고 한다. 지금은 이 비율이 크게 떨어졌을까? 결코 그렇지 않다고 본다.

5시에 문상을 가야 한다고 하셔서 "5분이면 됩니다" 하고 말씀드렸건만 이야기는 하염없이 이어졌다. 마을에 해군기지가 들어서는 걸 처음 알았을 때의 심정과 그동안의 처절했던 싸움, 그리고 마을 주민 간의 갈등과 앞으로의 과제까지. 이러다 늦으시면 어쩌나 초조해진 건 오히려 나였다. 회장님이 절실히 바라는 건 단지 정부가 주민들에게 조건 없는, 진심이 담긴 사과를 하는 것뿐이다.

국정농단의 소용돌이 이후 정권이 바뀌고, 새로 들어선 정부는 강정에서 국제 관함식을 여는 조건으로 걸맞은 보상과 사과를 약속했다. 주민들 입장에서 관함식 개최에 반대하지 않는 것은 상상 이상으로 의미가 큰 것이었다. 그것은 곧 해군기지가 들어선 것(2016년 2월에 완공되었다)을 인정한다는 뜻이었기 때문이다. 주민들은 그동안의 모든 것을 잊고 해군기지를 인정할 테니 이제부터는 마을의 갈등을 봉합해달라는 의지를 보였던 것이다. 정부와 해군이 공식적인 사과만 하면 끝이 나는 일이었다. 하지만 정부와 해군은 관함식 개최가 우선이라는 '조건'을 걸고 사과를 약속했다. 그리고 2020년 5월 해군 참모총장은 강정마을을 찾아 "주민들의 의견이 모이면 사과를 하겠다"라고 밝혔다.

무슨 의견이 모이면 사과를 하겠다는 것이었을까? 크루즈 선회장을 포함한 해군기지 항만의 수역 전체를 군사기지 보호구역으로 설정하는 것에 대한 찬성 의견이었다. 한마디로 그들이 말한 사과는 자신들의 요구가 받아들여지면 하겠다는 '조건부' 사과였던 것이다. 이런 가당치 않은 일이 있을까. 가슴에 피멍이 든 강정마을 주민들에게 진심 어린 사과를 먼저 하는 게 그리 어려운 일인지. 나라 돌아가는 게 다 그런 거라고 한다면 할 말은 없지만 이해가 되지 않는 걸 어쩌랴. 결국 관함식을 울며 겨자 먹기로 받아들이고 해군 참모총장의 방문을 허락했지만, 진심에서 우러나오는 사과는 단 한마디도 듣지 못하고 말았다.

그간의 부당함을 참지 못하고 각지에서 모인 용기 있는 시민들은 강정의 평화센터에서 하나가 되었다. 2012년부터 든든한 연대의 힘을 보여준 진원지인 평화센터는 농협에 부지가 매각되어 2020년 고스란히 헐리고 말았다. 해군의 밀어붙이기식 강행을 반대하는 시민들이 차분히 대처하고 준비할 시간이 있었을 리 만무하다. 급하게 빌린 땅에 설치한 평화센터는 시작부터 위태로웠다. 터를 잃었다는 것은 결집이 필요한 이들에게 이루 말할 수 없는 손실이었다. 위기를 느낀 사람들은 더욱 하나가 되었다. 후원자들의 크라우드 펀딩으로 해군기지 진입로 부근에 농막 형태의 강정평화센터를 부활시켰고 2022년 8월 20일, 늦게나마 개소식도 가졌다. 언젠가는 번듯한 센터 건물이 다시 지어지지 않을까 기대해본다.

공정력公定力이라는 법률 용어가 있다. "행정행위의 효력 중 하나로 행정행위에 하자가 있는 경우라도 그 하자가 중대하고 명백해 당연 무효가 아닌 한, 권한 있는 기관에 의해 취소될 때까지 상대방 또는 이해관계인이 그 효력을 부인할 수 없는 힘"이라고 정의되어 있다. 참으로 까다로운 설명이다. 그러니 이와 대척점에 서 있는 제도를 소개하는 게 이해가 빠를 것 같다.

우리는 흔히 뉴스에서 특정 차량의 소유주를 대상으로 '리콜 서비스'에 들어간다는 소식을 접하곤 한다. 만약 내가 해당 모델의 차를 가지고 있다면, 차가 이상하다고 고객 센터에 항의

평화센터의 첫 번째 터. 농협에 부지가 매각된 후
지금은 건설공사가 진행중이다.

농막 형태의 강정평화센터.

한 적이 없어도, 고소를 한 적이 없어도 무조건 리콜의 혜택을 받게 된다. 문제가 있는 부분을 바로잡는 것이니 '혜택'이라고 하기도 뭐하지만, 제조업체에서 마땅히 해당 모델의 소유자 모두에게 리콜을 받으라고 연락해야 하는 것이고, 그래서 찾아온 모든 고객들에게 서비스를 해줘야 마땅한 것이다. 당연해 보이는 시스템이다. 여야가 집단소송제를 확대하려고 하는 움직임도 이와 궤를 같이한다.

그런데 공정력 제도는 이와 딴판이다. 정부의 특정한 행정행위가 부당하다고 느낄 때, 그것이 부당하니 개별 국민이나 기업이 소송을 제기해 승리한다고 치자. 그러면 소송 승리자에게는 법원에서 판단한 정도의 보상이 주어진다. 해당 행정행위 역시 부당한 것으로 인정되면 소멸하거나 수정하는 절차를 거쳐야 한다. 그렇다면 그 소송 이전의 동일한 행정행위 역시 부당했으므로 과거에 피해를 입은 모든 사람들에게도 보상이 돌아갈까? 천만의 말씀이다. 소송을 제기해서 승리한 당사자가 아니면 아무런 보상도 받을 수 없다. 아무리 엉망진창인 규제나 명령이었다고 해도 말이다. 당연히 보상받고 위로받아야 할 일이 '정부'가 취한 행정행위와 규제에서는 적용되지 않는 것이다.

독일에는 '아우슈비츠 거짓말 법'이라는 것이 있다. 강정의 문제가 유대인 학살의 역사로까지 비화될 문제는 아니지만, 국가의 책임을 규정한다는 점에서는 논할 가치가 있다. 이 법은 명백한 홀로코스트의 역사를 부정하거나 피해자들의 인권에 반

강정 지킴이들이 활동하는 공간들.

하는 행위를 처벌하는, 지극히 이성적인 법이다. 그런데 처음 이 법이 제정되었을 때 문제가 생겼다. 소송을 제기할 수 있는 고소인의 자격 범위 때문이었다. 이 법에 의하면 직접 피해를 입은 유대인이 아닌 한 고소할 수 없었다. 그래서 '고소할 수 있는 유대인'에 포함되는 혈통이 어디까지인가에 대한 무가치한 논란이 불거졌다. 고소할 수 있는 유대인을 가려내기 위해 히틀러가 기준으로 삼았던 가계 혈통도까지 언급됐으니, 한마디로 좋은 취지의 법이 죽은 망령을 되살리는 꼴이 되고 말았다.

아우슈비츠 거짓말 법의 이런 폐해를 없애고자 독일의 입법기관은 해당 법에서 고소인이 필요 없도록 바꾸어버린다. 즉 누군가가 특정한 유대인 박해 사건을 부정하며 모욕한 경우, 고소한 사람이 없어도 기소가 가능하고 배상을 강제하도록 한 것이다. 친고죄의 굴레에서 역사를 구출해낸 결단이었다.

어지럽게 왔다 갔다 한 것 같다. 강정마을 주민들에겐 '공정력 제도'가 아닌 '아우슈비츠 거짓말 법'의 효력이 적용되어야 한다는 말을 하고 싶었다. 아니면 최소한 공정력 제도만큼이라도 국가에서 신경을 써주었다면 얼마나 좋았을까. 진심이 담긴 사과와 실질적 보상은 정부의 최소한의 의무일 것이다.

올여름의 기세는 꼬리가 길게 늘어질 것 같다. 따가운 햇살은 강정천의 수면에 닿는 순간 되튀어 흩어져버리고 만다. 바다와 맞닿은 천혜의 경관은, 강정은 애당초 이런 곳이었다는 증언과도 같다. 돌이키기엔 늦었을지도 모른다. 지금 겉으로 보이는

바다와 맞닿은 천혜의 경관을 자랑하는 강정천 유원지.

강정의 모습은 안타깝지만 회복하기에 늦었을지 모른다. 그러나 다시는 이런 일이 반복돼선 안 되겠다는 다짐의 장소, 산산이 깨어진 관계들이 사랑스럽게 봉합되는 상징의 장소로서는 충분히 꿈꾸어볼 만한 미래다.

언젠가 볼품없는 농막이 아니라 '번듯한' 평화센터가 완공되는 날을 상상해본다. 해군이 진정으로 주민들에게 사과하고, 찬성과 반대로 갈라져 철천지원수가 된 이웃들이 손을 맞잡고 포옹하며 회한의 눈물을 흘린다. 기나긴 아픔을 딛고 상생의 모범으로 우뚝 선 강정마을을 탐방하러 전국, 아니 전 세계에서 진실한 사람들이 모여든다. 이 고마운 손님들을 맨 앞에서 환영하기 위해 회장님이 평화센터에서 뛰어나오는 모습이 보인다. 강정마을을 넉넉히 지켜주었던 구럼비 바위와 너무도 닮은 바로 그 사람. 지난날보다 더 바빠진 '강정 세계평화마을회'의 강동균 회장님이다.

바다 위에 유람선이 떠 있다.
한 폭의 풍경화가 아닌가.
이게 강정이다.

제주의 배꼽에서
세상을 외치다

구제주 대학로와
제주시청

　　대학로에서 회식이 있었다. 물론 서울 혜화동의 대학로가
아니다. 거리 이름만 들어도 청춘의 집결지가 확실하건만, 우리
직원들이 단체로 입성하는 바람에 이곳의 평균 연령을 높여버
렸다. 코로나19가 습격하기 한참 이전의 일이다. 사람과 사람 사
이에 아무런 거리낌이 없던 그때 말이다.

　　우리나라에는 여러 지역에 '대학로'라는 명칭이 있다. 그중
엔 실제로 대학가여서 대학로가 된 곳이 있는가 하면, 제주의 대
학로처럼 근처에 대학교가 없어도 젊은이들이 운집하는 핫한

곳이란 이유만으로 대학로라고 불리는 곳도 많다. 또 하나만 알아볼까. 서울의 젊은이들에게 '신촌'이란 곳은 지하철 2호선 부근의 젊음의 거리를 의미한다. 근방에 대학교들이 포진해 있어 최고의 상권이기도 하다. 개인적으로는 이쪽에서 고등학교를 졸업했기 때문에 나름대로 '빠삭한' 동네이기도 했다. 물론 옛날 신촌이 그랬다는 얘기다. 상전벽해인 지금의 신촌은 왠지 낯설기만 하다.

아무튼 서울의 MZ세대에게 마포구 창천동 일대가 아닌 또 다른 신촌을 떠올리기란 쉽지 않은 일이다. 이해는 되지만 '신촌新村'이란 곳이 과연 서울 마포구에만 있는 것일까. 전국으로 범위를 넓혀보면 신촌은 무려 263군데나 존재한다. 놀랍지 않다. 어느 지역이나 가장 최근에 조성된 마을은 있을 것이고, 그렇게 새로 만들어진 마을이 곧 新村이니까. 서울 시내에도 마포구 외에 종로구, 강서구, 동대문구, 은평구, 강남구, 양천구, 송파구, 성동구 등 거의 모든 구에 신촌으로 불리거나 불렸던 곳이 있다. 그뿐인가. 경기도 안산시, 충북 음성군, 강원도 원주시, 전남 고흥군, 경남 창원시 등에도 신촌은 번듯한 지명으로 불리고 있다. 제주도는? 보리빵으로 유명한 조천읍 '신촌리'가 있다.

다시 돌아와서 제주의 대학로는 제주시청 맞은편에 격자형 골목들이 모여 있는 곳을 일컫는다. 술집과 노래방, 유흥 시설이 밀집해 있다. 신제주의 번화가보다 월등한 가격 경쟁력 덕분에 직장인의 회식 장소로도 사랑받는 곳이다. 당신의 주머니 사정

제주시의 대학로.

대학로와 제주시청 사이의 도로.

대학로 건너편은 제주시청이다.

을 고려해주지 않는 고약한 외지 손님이 제주에 와서 당장 돼지고기를 대령하라고 한다면, 대학로로 모시고 가는 게 최선이다.

회사가 신제주 한복판에서 지금의 자리로 옮겨 오면서 시청 부근에서 회식하는 일이 잦아졌다. 주위에 주차할 곳을 찾기가 힘들어 회식 장소까지 걸어갈 때도 많은데, 밤거리는 온통 이십 대 초반의 젊음으로 가득하다. 주변을 아무리 둘러봐도 내 또래의 아저씨는 찾아볼 수 없다. 우리 일당 빼고는. 어디서 들어봤음 직하나 녹아들기 쉽지 않은 음악 소리에 이 신선한 젊음의 공화국을 침범해도 되는지 의식하지 않을 수 없다. 친구들과 거리낌 없이 대학로에서 약속을 잡은 게 그리 오래전 일 같지 않아도, 갑자기 위축되고 의기소침해지는 시기가 찾아오게 된다. 굳이 나이로 치자면 사십 대 후반으로 접어드는 때쯤이 아닐까.

그러나 스스로 세워놓은 세대 차이의 벽도 얼큰한 기운과 함께 자동문처럼 활짝 열려버린다. 2차로 옮길 때면 해류를 따라 이동하는 물고기 떼처럼 흐르는 인파 속에 스스럼없이 녹아든다. 내가 젊음이고 젊음이 곧 나인 것이다. 누가 뭐라 할 수 있을까. 술의 순기능이다.

프로그램 이야기로 시작했다가 결국 사람 이야기로 채워지는 회식 자리가 끝나면 큰 도로 쪽으로 나와야 한다. 숙면의 둥지로 나를 인도할 버스와 택시가 집결하는 곳이니까. 도로 맞은편으로는 회색의 시청 조형물이 보인다.

길 건너의 공간을 한참 응시한다. 참 이상하고, 이상하지 않다. 동료들과 회포를 풀며 일상을 위로하는 이 구역과 횡단보도로 이어진 저 너머는 비현실적일 만큼 다른 세상이다. 여기가 축제의 공간이라면, 건너편 저곳은 온갖 부당함에 저항하고 눈물로 호소했던 간절함의 성지인 것이다. 공통점은 있다. 이곳도 저곳도 든든한 친구와 동지가 함께라는 것. 기쁨도 슬픔도 함께 나누는 대상이 동료와 동지라고 생각하면 하나도 이상할 것이 없는 보색 대비일 수 있고, 억울해 목이 쉴 정도로 눈물을 삼켜야 했던 장소의 바로 옆에 환락과 희열의 공간이 나란히 놓여 있는 배치를 생각하면 잔인한 역설일 수 있다.

도시마다 사람들이 모이는 곳이 있다. 세계적으로도 유례가 없는 대한민국의 촛불집회 문화는, 서울의 광화문 광장은 물론이고 각 지역의 집회 '명소'를 탄생시켰다. 제주는 밤늦게까지 유동 인구가 많은 시청 일대가 제1의 도민 집결 장소로 선택되고 있다. 월드컵 응원과 같이 전 국민이 환호로 하나 되는 집결만 있다면 얼마나 좋을까. 제주시청에서는 안타깝게도 국가의 잘못된 정책과 비상식적인 정권에 항거하는 비장하고 간절한 집결이 압도적으로 많았다.

집회 장소로서 제주시청 부근은 서울 광화문 광장에 비하면 초라하기 그지없다. '광장'이라고 부를 만한 공간 자체가 없으니까. 차들이 빠져나간 시청 앞 주차장과 종합민원실 건물 앞의 좁다란 구역이 전부다. 제주에 익숙하지 않은 사람에게 시청 앞

공감과 연대의 무대인 제주시청 앞.

광장에서 만나자고 하면 나중에 원망을 들을 수도 있다. 거기에 무슨 광장이 있느냐는 핀잔과 함께.

수없이 많은 모임이 있었다. 지역의 언론사들이 연대해 집회를 열 때도 있었지만, 같은 생각을 가진 도민들이 분야와 신분을 넘어 자리를 함께한 집회도 많았다. 2017년 기업체 현장 실습 도중 숨진 고등학생 이민호 군의 비극은, 세월호 참사 이후 여전히 안전 불감증에서 빠져나오지 못하고 있는 우리의 모습을 비춰주었다. 시청 앞으로 도민들을 떠민 것은 단순히 노동자에게 안전한 근무 환경을 만들어주지 못한 사회에 대한 불만이 아니었다. 인권이라는 것이 약자들에게는 때에 따라 주어지는 선택적 권리에 불과한 이 세상에 대한 분노였다.

사고 후 한 달여쯤 지나 이민호 군의 아버지에게 전화 연락을 하게 되었다. 추모금을 전달하기 위해서였는데, 어찌나 조심스럽고 죄송스러운지 비대면이었어도 낯이 붉어질 지경이었다. 울음을 삼키고 통화를 이어가는 아버지에게 자식을 잃은 애끊는 한을 오히려 부채질하는 느낌이 들었기 때문이다. 우리 대다수는 그때의 억울함을 잊어버렸고, 이민호 군의 아버지는 인권 단체의 대표가 되었다. 우리 모두가 얼마나 변변치 못했으면 사회의 부조리를 몸소 고발하는 임무를 업으로 삼게 만들었을까. 이 사회는 억울함을 풀어주지 않았다.

제주시청에서 버스정류장 사이의 공간을 '어울림 마당'이라

제주시청 앞 어울림 마당.

고 부른다. 넓지 않은 공간이라 소규모 행사가 치러지기도 하는 곳이다. 태풍과 같은 자연재해로 이재민이 다수 발생했을 때뿐 아니라 매년 겨울에 이웃돕기 성금 모금 방송을 해온 익숙한 공간이다. 나눔의 취지에는 공감하면서도 "어서 와주세요. 여러분의 정성을 기다리고 있습니다"라는 틀에 박힌 멘트를 할 때마다 낯이 붉어지곤 했다. 분명 힘든 이들과 함께하자는 뜻인데도 기부를 강요한다는 느낌을 지울 수 없었다.

낯이 붉어지는 또 다른 상황은 생방송이 끝난 후에 일어난다. 다음 방송을 위해 서둘러 복귀해야 하는 스태프들은 각종 장비를 능숙하고 신속하게 정리한다. 모두가 바삐 움직일 때, 진행자 입장에서는 뭐라도 좀 도우려 하니 정장을 입은 상태에서 괜히 오버하는 것 같고, 그렇다고 바로 현장을 떠나자니 무언가 텁텁한 느낌을 지울 수 없다. 결국은 잠시 머뭇거리다 원고를 정리하며 "수고하셨습니다!" 하는 한마디로 마무리할 뿐이다.

생방송이 끝나면 어울림 마당은 휑하게 변신한다. 조금 전 나눔의 축제는 막을 내리고, 오가는 발자국 소리만 빈 공간을 메운다. 전혀 이상할 게 없는 상황이다. 일이 끝났으니 철수하는 것이고, 줄을 선 시민들의 정성도 다 받았으니까. 그저 공기의 흐름이 바뀐 게 나에게는 낯설고 어줍을 뿐이다. 낯섦을 느끼면서도 꾸역꾸역 사무실로 돌아갈 채비를 하는 '나'라는 사람에게서도 냉정한 낯섦을 발견한다. 나중에 다시 어울림 마당으로 가게 된다면 현장의 여운을 온몸으로 더 흡수하고 올 작정이다.

제1횡단도로(5·16도로) 개통식 당시의 모습.

현재의 5·16도로. 길 맞은편에 어울림 마당이 보인다.

현재는 '1131번 지방도'가 공식 명칭이지만 과거에는 '제1횡단도로'라고 불렸다. 이렇게만 말하면 어느 도로를 가리키는 것인지 알 수 없을지도 모른다. 이 지방도는 우리가 흔히 '5·16도로'로 알고 있는 그 아름다운 길이다. 1961년 5·16 군사 쿠데타 이후에 본격적으로 정비되어 1969년 개통식을 가진 제주 최초의 남북 횡단길이다. 이 도로가 개통하기 전에는 제주시와 서귀포시를 오가려면 해안을 따라 빙 둘러갈 수밖에 없어서 편도로 5시간 이상이 걸렸다. 한라산의 숲을 뚫어 만든 이 도로로 인해 그 지루한 시간이 1시간 30분으로 대폭 줄어들게 되었다.

독재 정권의 망령을 소환하는 이름이라는 주민들의 반발로 한때 기억 속에서 5·16이라는 명칭을 삭제하려는 시도도 많았으나, 한번 굳어진 이름을 바꾸는 것은 쉽지 않은 일이다. 도로의 명칭이 정 거슬린다면 5·16을 청산해야 할 과거의 사건으로 기억하면서 받아들이면 되지 않을까. 일제의 탄압이 고스란히 상기되는 건물을 문화재로 지정해 반면교사로 삼는 것과 다름없다고 여기면 될 일이다.

갑자기 5·16도로 이야기를 꺼낸 데에는 다 이유가 있다. 바로 이곳, 지금의 시청 광장 부근이 5·16도로의 제주시 쪽 출발점이기 때문이다. 도로 개통식 당시에는 지금의 시청 앞이 공설운동장이었다고 한다. 연예인의 축하 공연과 군악대의 축하 연주가 줄을 이었고, KBS가 라디오 방송을 통해 개통식을 전국에 생중계했다고 하니, 얼마나 심혈을 기울인 역사役事였는지 짐작이 가고도 남는다. 제주에 사는 주민이 서귀포로 가는 장도에 오른 출발점이자 생계와 여가를 위해 첫발을 내딛은 곳이 지금은 한데 모여 민주주의를 수호하는 공간이자 어울림의 공간이 되었다. 집결과 새 출발의 운명을 지닌 곳으로서 시청 앞의 역사적 의미도 결코 녹록지 않아 보인다.

제주시 탄생 50주년을 기념해 세운 조형물 옆에 제주의 도로원표가 놓여 있다. 한 지역의 지리와 방위의 기준이 되는 척도가 도로원표라는 것을 생각하면, 지리적인 중심을 떠나 제주시청 앞이야말로 명실상부한 제주의 중심점이다. 신제주가 아무리 확장되더라도 공인된 제주의 배꼽은 이곳이란 뜻이다! 부산까지의 거리가 여기서부터 정확히 3백 킬로미터로 딱 떨어진다는 것은 처음 알게 된 사실이다.

대학로에선 마음껏 해방감을 느껴봐야 한다. 젊음의 경험에서 해방감이 부재한다면 미래의 더 크고 기쁜 해방을 감당하지 못할 수도 있다. 그리고 때로는 우리 중 누군가가 억울해 몸부림칠 때 길 건너로 횡단보도를 지르밟고 오시기 바란다. 넓지 않은 이 광장에서 어깨동무를 하고 목소리를 합치고 노래를 더해야 하지 않겠는가. 진정한 해방이란 해방을 위해 값을 치를 때 비로소 찾아오는 열락이기 때문이다.

친한 친구와 저녁을 먹기로 하고 전화를 했다. 친구가 되묻는다.

제주시 탄생 50주년을 기념하는 조형물과 도로원표.

"시청? 네가 웬일로 그쪽에 가재?"

합해서 백 살이 넘은 우리가 한 번도 뭉친 적이 없던 곳으로 오라고 하니 의아했을 것이다. 지레 젊음의 공간을 두려워하고 있었던 것일까. 움츠러들수록 나이 듦을 인정하는 셈인 줄도 모르고 말이다.

제주시청과 대학로에 대한 글을 쓰는 것에는 큰 장점이 있다. 취재 차 밤에 나올 수밖에 없고, 시간 관계상 저녁을 이곳에서 해결해야 하며, 밥만 먹기엔 허전하니 소주 한잔 걸치지 않을 수 없다는 핑계가 정당화된다는 사실이 그것이다. 한라산이 그려진 병 속의 투명한 액체를 서로의 잔에 따른다. 잔을 부딪치기 전에 친구에게 건배사 대신 당당한 변명 한마디를 던진다.

"나 술 마시고 싶어서 나온 거 아니다. 글 때문에 온 거야. 적당히 마시자고."

한 잔이 한 병 되고, 한 병이 두 병 된다.

다 글 때문이다.

E
=
$(MC)^2$

카페
'제대 가는 길'

제주에 살아서 좋은 점이 어디 한두 가지랴. 가장 큰 기쁨은
의외로 내가 제주에 없을 때 만끽하게 된다. 외국으로 휴가를 떠
났다가 제주로 돌아오는 비행기 안, 여행을 마치고 일상으로 복
귀하는 공간이 무려 제주라는 사실에 나는 소름이 끼칠 지경이
다. 휴가지보다 훨씬 아름다운 삶의 터전이 아닌가.

이동하는 과정에서 느끼는 행복은 그 정도까지는 아니더라
도 제주 섬 안에서도 마찬가지로 찾아온다. 나의 일터인 촬영장
으로 가는 길은 부드럽고, 촬영을 마치고 회사로 돌아오는 길은

경쾌하다. 한마디로 제주에 주소를 두고 사는 삶은 일상이 여행자의 삶이다.

물론 예외도 있다. 첨예한 갈등의 현장, 환경이 깡그리 무시되는 파괴의 현장 등 뭉근한 아픔이 이슈가 되는 곳으로 이동하는 길은 황량함 그 자체다. 차창 밖이 잿빛이다. 눈부신 제주의 풍경이 잿빛이 되어버렸기에 더욱 쓰라리다.

이번에도 한겨울이었다. 그나마 2년 전 그날보다는 추위가 덜했기에 마음도 덜 무거웠다는 변명이 먹힐 수 있을까. 근처 슈퍼에 들러 그때와 마찬가지로 핫팩 십여 개와 내복을 구입했다. 제주도청 일대는 도의회, 교육청 등의 관공서와 공기업이 몰려 있어 주차하기가 여간 까다롭지 않다. 아니나 다를까. 십여 분을 돌고 돈 끝에 겨우 자리 하나를 차지하고, 도청 정문 앞에 있는 그를 만나러 걸음을 재촉했다.

두 눈은 초점을 잃은 지 오래고 피부는 전보다 훨씬 검어진 듯하다. 그럴 수밖에 없을 테다. 누구라도 단식을 '밥 먹듯' 하면 그 정도는 약과일 것이다. 진즉에 병원 신세를 지고 있거나, 병원에 있지 않더라도 장기에 심각한 손상을 입어 힘든 날들을 보내고 있을 테니 말이다. 고집은 여전했다. 세종시에 있는 환경부 청사 앞에서 단식 투쟁을 끝낸 지 두 달이 지났을 뿐인데, 다시 곡기를 끊고 혼자 저렇듯 버티고 있는 것이다. 그러고 보니 그의 단식이 벌써 다섯 번째다. 김경배 씨는 제주 제2공항 건설 반대를 주장하며 또다시 단식에 돌입하고 있다.

　김경배 씨를 만나고 돌아오는 길엔 악화된 그의 건강보다 더 두려운 것이 슬며시 고개를 들었다. 그것은 제2공항 건설 반대에 대한 그의 단식을 당연한 것으로 여기고, 마땅히 그가 해야 할 역할이라고 단정 지은 안일함이었다.

　몇 해 전 겨울, 〈우영팟〉이라는 시사 프로그램의 진행을 맡고 있을 때였다. 패널들과 함께 두 번째 단식 중인 김경배 씨를 만나러 제주도청 선너편의 천막으로 향했다. 도내의 극심한 갈등 이슈들로 당시 이곳은 정당과 시민, 사회단체의 천막들이 어깨동무를 하며 길게 이어져 있었다. 단식에 돌입한 심경을 물으려는 방송사의 취재진과 뉴스를 보고 응원차 달려온 도민들로 천막은 제법 활기가 넘쳤다. 인터뷰하는 중에도 꼬리를 물고 늘어지는 질문에, 안 그래도 찾아오는 손님이 많고 허기가 극에 달한 분을 지나치게 괴롭히는 건 아닌가 싶어서 마음이 불편했다.

　죄책감을 가질 필요는 없었다. 기력이 약해질수록 그가 토해내는 말은 더 단단했다. 제주에 들어서는 두 번째 공항을 왜 반대하느냐, 이렇게 목숨을 걸고 단식까지 하는 이유가 무엇이냐는 쏟아지는 질문에 그는 또박또박 마음속에서 우러나오는 대답을 했다. 이 순간이 그에게는 오히려 행복이라고 했다.

　그를 응원하든 아니든, 그의 편이든 아니든 그를 지탱해주는 건 사람들의 관심이었다. 어떤 이유로건 양심의 당위성만을 무기로 싸우고 있을 때, 주변에서 보여주는 관심은 무엇과도 바

느영 나영　　　　　　　　　　　　　　　　　　175

〈우영팟〉으로 만난 단식 중인 김경배 씨.

〈우영팟〉의 진행자들.

꿀 수 없는 투지의 원천이었다.

넥타이로 목둘레를 단단히 감은 채로 정색하고 찬반 주장을 중재하는 토론은 다시는 하고 싶지 않았다. 성향이 원래 그렇다는 변명도 해보지만, 속에 들어차 있는 고갱이를 마음 놓고 내뱉을 수 없는 토론 방송에 회의를 느낀 게 더 큰 이유였다. 양측에게 발언 시간이 엇비슷하게 배분되도록 유도해야 하고, 토론자가 지나치게 흥분한다 싶으면 UFC 경기의 심판처럼 중간에 끼어들어 제지해야 한다. 아무리 답답해 죽겠어도 MC라는 자리는 자기주장을 터뜨릴 수 없다. 터뜨려버리는 순간 사달이 난다. 방송의 공정성을 해쳤다는 이유로 비난의 손가락질을 받고 중징계가 뒤따른다.

〈우영팟〉은 달랐다. 누구라도 시간을 충분히 쓰면서 열변을 토해도 되었고, 상대의 의견에 실컷 반론을 쏟아내도 좋았다. 방송의 스타일이 달라진 것이 큰 원동력이었다. 패널 간의 배분이 지나치게 불균형하거나 주장이 극단으로 치달으면 '편집'이라는 사후 안전장치가 기능을 발휘했지만, 출연진의 의도에 큰 흠집이 나지 않는 선에서 편집했기에 모두에게 설득 가능한 과정이었다.

매주 토론 주제를 받아보면 제목이 주는 무게감이 제주판 100분 토론이나 마찬가지였다. 거기에 수많은 개발 이슈와 갈등 요소가 산재해 있는 제주이다 보니 녹화를 준비하는 시간에도

〈우영팟〉 시즌 1, 2 녹화 현장.

분위기는 경쾌하지 않았다. 강정 해군기지 관함식, 제2공항 갈등, 비자림로 개발, 제주 4·3의 완전 해결 등 제주라면 다룰 수밖에 없는 납덩이가 끊임없이 굴러 내려왔다. 어떤 숙제가 던져져도 패널들은 적극적으로 변론을 펼쳤다. 세 명으로 출발한 패널은 든든한 분이 중반에 합류해 네 명이 되었고, 〈우영팟〉은 시즌2로 이어져 새로운 패널들을 맞이하게 되었다.

자갈이 깔린 넓은 주차장에 차를 세워놓고 판석이 놓인 길을 따라 걷는다. 화려하지 않아도 세심하게 관리된 정원을 지나면 무척이나 아늑한 장소가 등장한다. 카페 '제대 가는 길'이다. 이곳은 〈우영팟〉 시즌 1의 녹화 장소였다. 모든 병역 의무자를 설레게 하는 '제대除隊'가 아니라 제주대학교의 줄임말인 '제대濟大'이다. 〈벚꽃엔딩〉 노래의 배경으로 전국에서 몇 손가락 안에 들 만한 벚꽃 감상의 성지인 제주 대학로에서 길 안쪽으로 들어서 있는 은밀한 공간이다.

짧지 않은 녹화 시간 내내, 코로나 이전부터 주문대 뒤쪽에서 숨을 죽이며 자가격리(?)당하셨던 마음씨 좋은 카페지기 부부. 오랜만에 찾아갔음에도, 아니 오랜만에 찾게 돼서 더욱 반가웠고, 반가워해주셨다. 덕분에 여름엔 시원하게 겨울엔 따뜻하게 풍성한 이야기를 나눌 수 있었음을 감사드린다.

'정의와 공정'의 대부 마이클 샌델이 쓴 글 중에 이런 대목이 있다.

카페 '제대 가는 길'.

카페지기 부부.

우리 모두는 어떤 기본 사실에 전원 동의해야 하며, 그 이후에 우리 각자의 의견과 신념을 가지고 토론하면 된다는 생각은 기만이다.

죽비로 얻어맞는 듯했다. 선입견의 무서움을 설파했다고 할 수도 있겠지만, 그것만으로는 이 문장에 대한 충분한 해석이 되지 않는다. "우리, 선입견을 깨고 말해보자"라고 아무리 결의해봐도, 특정한 주제가 정해지고 나면 기존의 굳어버린 관념들이 고개를 드는 경우가 비일비재하지 않은가. 뉴스에서 그렇게 나왔으니까, 다들 그렇다고 이야기하니까, 역사를 되돌아볼 때 그게 답인 게 분명하니까…… 모두가 콘크리트를 부어 탄탄하게 굳어버린 기초 위에 둘러앉아 논의를 시작하는 것이나 마찬가지다. 과연 이 콘크리트가 제대로 깔려 있는지 의문을 제기하는 사람은 흔치 않다. 정작 뜯고 확인해봐야 할 것은 그 아래에 묻혀 있는데, 콘크리트 바닥의 존재를 의심조차 하지 않고 머리를 맞댄들 무슨 근본적인 해답이 나올 수 있겠는가 말이다.

토론 방송뿐일까. 나와 내 주위를 둘러싼 작은 사회들, 그 위에 겹쳐진 우리 지역과 나라의 현안들 모두에도 바닥부터 순순히 인정해야 할 원칙이란 찾아보기 힘들다. 삶에서도 방송에서도 뿌리 깊은 선입견은 배제해야 한다. 어떤 사안에 대해서도 긍정이나 부정을 하지 않은 상태에서 주위의 평가 역시 던져버린 후에 첫인사를 나누고 이야기를 시작했으면 한다. 그게 마이클 샌델이 말하는 '기만에서 벗어나는 길'일 테니 말이다.

바닥의 콘크리트를 깨부수지는 못했어도 끊임없이 망치로 내려친 날들이었다. 덜떨어진 MC와 함께해주었던 모든 스태프게 더할 수 없이 감사하다고 말하고 싶고, 패널들에게는 존경한다는 뜻을 전하고 싶다. 칼은 칼집을 해친다고 하지 않던가. 정의에 대한 자신감으로 두려움에 맞서며 당당히 자기주장을 펼쳤던 모든 분들, 그 주장이 어떤 것이든 용기 있게 쏟아낸 모든 말들은 관우의 청룡언월도였으며 아서 왕의 엑스칼리버였다. 다이아몬드보다 날카로운 칼날로 인해 당신들의 칼집은 얼마나 찢기고 아팠을까. 약자 편에 섰던 강인한 내면이 얼마나 깊은 상처로 채워졌을지 짐작조차 어려울 뿐이다.

수고하셨습니다. 고맙습니다.

두 가지를 깜빡할 뻔했다.

먼저 프로그램의 타이틀 〈우영팟〉은 '텃밭'의 제주어다. 짙푸른 하늘 아래에서 하루가 다르게 쑥쑥 자라는 제주 우영팟의 송키(푸성귀)들은 얼마나 기특하고 예쁜지. 때로는 쓰고 매운 맛이 날 수도 있다. 고급스러운 요리의 주재료는 아닐지라도 건강과 영양을 인간에게 끊임없이 선사하는 고맙기 그지없는 생명체다. 그런 생명들이 모여 사는 우영팟은 얼마나 복된 공간인가. 제작진의 작명 센스에 감탄하는 동시에, 도민들에게 〈우영팟〉이 실로 우영팟의 역할을 제대로 한 프로그램이었는지 되돌아보게 된다.

두 번째는 이 장의 제목에 써넣은 공식과 관련한 것이다. 질량은 곧 에너지이며 특정 질량에 빛의 속도가 더해지면 그 제곱에 비례해 상상하기 힘든 에너지가 방출된다는, 세상에서 가장 유명한 방정식 $E=mc^2$. 인류에게 세상과 우주의 이치를 알게 한 축복의 공식이자, 맨해튼 프로젝트의 기본 원리가 되어 원자폭탄의 지옥을 인류에게 보여준 재앙의 방정식이다.

이 글의 세목은 $E=(MC)^3$이다. '방송의 상대성이론'이라고 어설프게 불러본다. 프로그램에서 MC의 역량이 중요하다는 뜻일 수도 있겠다. 무려 제곱의 효과로 전체 에너지에 비례하고 있으니까. 하지만 이 공식에서는 좌변인 E의 역할에 더 주목하려 한다. MC 역량에 제곱을 해야 따라갈 수 있는 것, 그것은 출연자들의 날것 그대로의 순수함과 진실함, 세상을 조금이라도 바꾸어보려는 결연한 의지가 아닐는지……. 은근슬쩍 내용을 정리하고 냉정하게 다음 순서를 진행하지만, 이 멋진 사람들에 대한 자랑스러움은 감추기가 어렵다. 그들의 에너지는 MC를 세제곱해도 모자랄 지경이다.

오늘은 여기까지다. 슬레이트를 쳐야겠다.
딱!

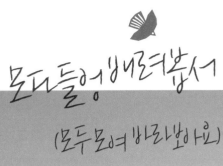

모따들엉 바려봅서

(모두모여 바라봐요)

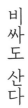

비
싸
도
산
다

제주의 독립서점

한 분야의 깊은 지식과 축적된 경험으로 글을 쓰고 저서를 펴내는 사람은 존경스럽기 그지없다. 주저리주저리 늘어놓을 뿐인 나에겐, 도대체 언제쯤 그 깊은 내공을 가늠해볼 수 있을지 도통 감이 오지 않는다.

평소 책을 읽을 때 고집스러운 규칙이 있다. 과학 분야의 책을 읽었다면 다음엔 역사, 그 뒤엔 철학, 이어서 예술이나 문화로 분야를 바꿔가며 테마가 겹치는 것을 어떻게든 방지한다. 이런 똥고집은 다음 사이클로 돌아오는 과학 분야 자체에도 적용된다. 지난번에 읽은 분야가 천문학이었다면 이번 차례는 물리학, 다음은 생물학…… 이런 식으로 말이다. 박학다식이 목표라기보다 전 과목에 걸쳐 평균을 따라잡으려는 열등생의 눈물겨운 노력이라고나 할까. 그래도 '전문가' 저자들의 덕으로 그 간극을 조금이나마 메울 수 있으니 이 얼마나 감사한 일인가.

그럼에도 불구하고 많은 책들은 '보통 사람'의 손에서 씌어져 보통 사람의 마음을 어루만져주곤 한다. 어디 세상에 필요한 것이 전문지식뿐일까. 진솔하게 쓴 '나'의 고백이 많은 '우리'를 위로하고 행복하게 만드는 법이다. 바로 그런 이유 때문에 이렇게 서툴지만 힘겹게 문장을 채워가고 있는지도 모르겠다.

날이 좋다. 이른 봄의 제주는 이틀 험상궂고 이틀 티 없이 맑은 모습이다. 삼한사온이 아닌 '이우이청二雨二晴'이라고 해야 할지. 오늘은 먼저 섬의 동쪽으로 가야겠다. 그간 꽤 많은 독립서점이 나름의 개성을 선보이며 제주 곳곳에 들어섰는데, 그중에서도 동쪽에는 서점들이 옹기종기 모여 있어서 하루 테마 여행삼아 돌아보기에 안성맞춤이라는 생각이 들었다.

독립서점계에서 풀무질의 주인 부부는 '셀럽'들이다. 서울 성균관대학교 앞에서 같은 이름의 서점을 운영하다가 제주로 내려왔고, 서울 풀무질은 지금 능력 있는 젊은이들이 알차게 꾸려가고 있다고 한다. 인문 독서의 즐거움을 퍼트리다가 수험·취업 서적을 구비해놓을 수밖에 없는 서점의 현실이 씁쓸해 제주

구좌읍 세화리에 있는 제주 풀무질.

서점 풀무질을 나서면 바로 보이는 세화 바닷가.

행을 결심했다는 후문이 들려왔다.

박공지붕에 빨간 벽돌이 눈을 상쾌하게 만드는 풀무질의 외관이 꽤 매력적이다. 생각보다 많은 책을 구비해놓은 내부에서는 근엄하진 않지만 단단한 포스를 감지할 수 있다. 손이 가는 인문 서적이 예닐곱 권 있었으나 한 권만 사기로 한다. 한 군데에서 책을 여러 권씩 사버리면, 책방 투어는 곧 럭셔리 투어가 되어서 내킬 때마다 쉽게 엄두를 낼 수 없기 때문이다.

작은 서점에서 새 책을 사고 나왔는데 금세 눈부신 광경을 마주친다면 어떨까? 서점 바로 앞에 황홀하게 아름다운 바다가 펼쳐져 있다. 손에 든 책이 하늘과 바다의 빛을 받아 훨씬 더 소중하게 느껴진다.

많은 독립서점의 주인장들이 생계의 어려움을 호소하고 있다. 그래서 인터넷에 소개되어 있는 서점들도 막상 찾아가보면 이미 폐업한 경우가 많다. "책방도 결국 유행을 타는 거야!" 하며, 쇠락을 예고라도 하듯 한마디 툭 건네는 사람들이 왜 그리 얄미워 보이는지. 다른 업종도 아닌 '책'방 아닌가. 노래방도 PC방도 아니고 이름부터 모호한 멀티방도 아닌 '책'의 방이 아니냔 말이다. 순수한 마음으로 책의 향기를 퍼트리려 용기를 내 차린 독립서점에도 엄혹한 시장 논리의 잣대가 적용되는 것이 씁쓸하기 그지없다.

한편으로는 이렇듯 책방 주인이 된 양 감정이입을 하려고 애쓰는 걸 보니, 언젠가 나만의 책방을 차리고 싶다는 가슴속

욕망을 들킨 것 같아 얼굴이 화끈거린다. 남들의 관심사는 냉철히 분석당해야 마땅하지만 내가 믿는 가치에는 시장 논리가 먹힐 수 없다는 건방진 이분법이 마음속에 똬리를 틀고 있다. 참으로 쩨쩨한 인격이다.

예전 제주목牧의 동쪽 끝에 위치한 마을이었다는 의미로, 혹은 종처럼 생긴 지미봉의 아래에 있다는 뜻으로 '종달終達리'라고 이름 붙여진 이곳은, 서점마저 제자리에 자리 잡고 있다는 느낌이 든다. 많은 독립서점들이 그렇듯이 서점 '책자국'도 오래된 집을 리모델링했음이 분명하다.

도로와 마당의 경계를 넘자마자 포근함의 농도가 급상승해, 문을 열고 서점의 내부로 진입하는 순간 절정에 달한다. 작은 공간이지만 서둘러 책을 골라 앉고 싶게 만든다. 소박한 조명은 독자의 집중력을 더하고, 사각의 창을 통해 보이는 풍경은 독서를 하는 동안 완벽한 휴식을 보장할 것임에 틀림없다. 과하지도 모자라지도 않은 소품들에 미소가 지어지면서 동시에 책들의 맞춤한 배열에 기분까지 넉넉해진다. 한 번 와본 적이 있다는 이유로 얼굴을 알아봐주시는 주인 부부가 왜 그리 고마운지.

이번에도 책을 샀다. 물론 한 권이다. 점찍어놓은 자리에 앉아 책의 표지와 앞날개에 담긴 저자 소개, 그리고 목차를 차례로 살펴본다. 특히 목차는 꼼꼼히 보는 편이다. 전체 구조를 머릿속에 흐리게나마 저장해두는 것이 독서의 효율성을 높여준다고

구좌읍 종달리의 서점 책자국.

믿기 때문이다. 이것도 똥고집일까? 전체 구조를 어느 정도 잡고 글을 쓰는 것이 저자의 입장에서 훨씬 수월할 터이니, 읽는 이 역시 그가 안내하는 흐름부터 담아두면 책 내용을 소화하는 데 유리할 것이라는 생각에서다.

인터넷 서점이 아닌 '책방'에서, 그것도 e북이 아닌 '종이책'을 만난다는 것은 무슨 의미가 있을까. 읽기와 쓰기에 대한 대중의 관심이 급증하면서 다시금 종이책에 대한 찬사가 곳곳에서 터져 나온다. 서점에 전시된 종이책들만큼 판매대에 옹기종기 붙어 치열하게 경쟁하는 무리가 또 있을지 모르겠다. 책의 형체만 유지한다면 어떤 유혹의 기술도 허용되지 않을 리 없다. 화려하게 시선을 끄는 표지는 곧 외모가 된다. 컬러풀한 찬란함을 무기로 내세운 책이 있는가 하면, 단색의 배경에 고졸하고 짧은 제목이 전부인 표지도 있다. 독자를 유혹하는 첫인상은 제각각이고, 우리는 변덕스러운 카사노바가 되어도 좋을 일이다. 이성을 대상으로는 철면피 소리를 들을 수 있어도 책의 선택에서는 흠이 될 턱이 없다.

본능이 이끄는 대로 책을 서가에서 꺼내 속을 살펴보는 시간이 달콤하다. 종이의 질감과 손가락 넘김의 경쾌함, 페이지를 빠르게 넘길 때 풍기는 특유의 책 향기는, 첫인상 뒤에 따라오는 아직은 낯선 이성의 매혹이라고 할 수 있지 않을까. 동반자로 낙점한 새 종이책을 처음 펼쳐 드는 순간은 새로운 데이트의 시작이다. 연인과 내가 친숙해지는 것을 느끼며, 한 장 한 장 무소의 뿔처럼 나아간다. 어느덧 읽은 분량보다 읽을 분량이 적어지면서 무게중심이 왼손으로 옮겨 가는 것을 느낀다. 손바닥이 감지하는 미세한 중심 이동의 전류는 어느덧 연인과의 이별이 다가왔음을 실감하게 하는 한편, 새로운 인연을 만날 설렘을 스멀스멀 피어오르게 만든다.

　나만의 책과 운명적으로 만나게 되는 '공간'에서도 그려야 할 이야기는 차고 넘친다. 독자의 마음을 잡아끄는 신간이 우후죽순 쏟아져 나오는 요즘, 반드시 사야겠다 싶은 책이 있다면 인터넷으로 주문하면 그만일 뿐이다. 그러니 서점에 두 발로 걸어 들어갈 때는 그 이상의 이유나 충분한 시간 여유가 있을 때라는 뜻이다. 유유자적 서점을 둘러보다 반해버린 책이 한두 권이 아니다. 결국 들어갈 때의 막연함은 어딘가로 사라지고, 양손은 신간들로 무거워져 있다. 충동구매의 현장이다. 독립서점은 이에 더해 서점 자체가 사람들을 이끄는 이유인 경우가 많다. 개성 있는 내부 인테리어와 서가의 레이아웃, 그리고 간혹 주인의 유명세가 손님을 끌어모은다. 제주의 독립서점이라면 한 가지가 더 있다. 바로 서점 주위의 호젓한 풍경이다. 서점을 배경으로 한 주변 일대가 아예 여행 일정에서 주요한 목적지가 되기도 한다.

　필요한 책을 구매하러 서점을 찾기도 하지만 독립서점에서는 평소의 필요와는 무관하게 직관적으로 와닿는 책을 선택하는 경우가 많다. 많은 독립서점들이 향이 좋은 커피를 함께 제공하기에 손에 들린 책은 결국 감성을 건드리는 내용일 가능성이 높다. 주인의 취향에 따라 특정 분야의 도서만 취급하는 곳도 많지만, 지나치게 분야를 좁히면 배타적인 거리감이 느껴질 수도 있다. 따스하고 다정한 느낌이 독립서점의 매력이라면 어느 정도의 관대함은 미덕이 될 수도 있다. 타인을 받아들일 때 취향이 너무도 단단히 굳어져 있다면 고집이 될 수도 있으니까.

독립서점은 책 판매만으로는 이익을 크게 낼 수 없다고 한다. 공급받는 가격과 판매되는 가격의 차이가 크지 않아서 이윤이 적게 나기 때문이다. 박리다매 전략 외에는 방법이 없어 보인다. 하지만 누군가가 대량 구매를 원해도 규모가 작은 독립서점으로서는 대형 서점처럼 할인 혜택을 줄 수 없어서 대량 판매는 하늘의 별 따기다. 게다가 재고 부담도 커서 많은 양의 서적을 갖다놓을 수도 없다. 그야말로 진퇴양난이다.

독립서점 운영을 오롯이 생계수단으로 삼는 이들이 책 이외의 아이템에 신경 쓸 수밖에 없는 이유가 여기에 있다. 실제로 커피 한 잔으로 남는 금액이 책 한 권 팔고 남는 수익보다 훨씬 크다고 한다. 책방에서 책보다 커피에 더 신경 쓴다는 비판의 소리도 들리지만, 주인장의 처지를 고려하지 못한 배려 없는 나무람일 뿐이다. 적어도 운영비는 나와야 작은 서점도 굴러갈 수 있지 않겠는가.

일본의 북 코디네이터이자 독립서점계의 스타인 우치누마 신타로内沼晋太郎에 따르면, 순발력 있는 서점들은 재치 있는 액세

서리 판매로 흑자 경영을 이어간다고 한다. 천문학 컬렉션의 서가 옆에 소형 천체망원경을 멋들어지게 세워놓고 판매한다든지, 반려동물 코너의 서가 아래에 강아지나 고양이 모양의 방향제를 두는 식이다. 여기에 더해 입장료가 있는 '저자와의 북토크 콘서트' 등의 행사를 정기적으로 여는가 하면, 심지어 술을 파는 야간 서점도 있다고 하니, 독립서점의 변신이 과연 어디까지 이어질지 궁금하지 않을 수 없다.

바쁜 일상을 보내고 맞은 또 한 번의 주말, 이번엔 서쪽이다. 한경면에 위치한 두 곳이 목적지다. 먼저 찾은 곳은 '유람 위드 북스'. 전시된 방대한 책을 구매할 수는 없고 만화방처럼 자리에 앉아 읽어만 볼 수 있는 독특한 콘셉트의 책방이다.(실제로 다량의 만화책을 보유하고 있다.) 서점 이름을 참 잘 지은 듯하다. 책과 함께 유람하기에 더없이 편한 공간이다. 책방의 마스코트인 고양이와 교감을 시도하다가 퇴짜를 맞고 난 뒤 두 번째 책방으로 간다.

이미 선수들 사이에서 소리 소문이 파다한 책방 '소리소문小里小文'. 스토리가 있는 주제별 큐레이션에서 주인장의 탁월한 감각을 감지한다. 5분쯤 서성인 후 책 두 권을 꺼내 든다. 드디어 면접의 시간. 눈앞에 마주한 이 활자의 여신들 중 누가 오늘 나의 인연이 될 것인지 꼼꼼히 따져본다.

오늘은 두 권 모두 합격이니 삼각관계를 피할 수 없게 되었

한경면의 유람 위드 북스와 서점의 마스코트인 흰 고양이.

한경면의 소리소문 책방.

다. 영수증을 보니 책 뒷면에 적혀 있는 정가 그대로다. 온라인으로 주문했다면 두 권 합쳐 2천3백 원이 저렴할 뻔했지만, 그럼에도 미소가 떠나지 않는다. 아낄 것은 따로 있다는 걸 이런 순간에 실감하는 걸까. 손에 들린 이 두 권의 책은 온라인으로 주문해 받은 책과는 질적으로 다른 존재이다. 서점으로 달려갈 때의 설렘과 손길로 책장을 더듬을 때의 기분 좋은 긴장감이 더해지고, 주인장의 추천이 책의 가치를 더욱 오롯이 전달한다.

소중한 시간, 소중한 공간에서 마주친
연인과도 같은 책은
비싸도 산다.

제목 없는 파노라마

김영갑 갤러리
두모악

수년째 이른 새벽에 출근하다 보니 몸에 생체 시계라도 장착된 듯하다. 그래도 여전히 새벽 5시가 채 되지 않은 시간에 일어나는 것은 고역이다. 생체 시계도 잠에서 깨고 난 뒤에나 돌아가니 말이다. 덕분에 초등학교 시절처럼 밤 9시 뉴스 시간만 되면 어김없이 눈이 감기니, 새 나라의 어린이가 따로 없다.

남들보다 이른 퇴근을 한 후 오랜만에 번영로를 타고 남동쪽으로 향한다. 처음 제주에 왔을 때는 그렇게 가깝게 여겨지던 곳들이 점점 익숙해진 뒤로는 왜 이리 멀게만 느껴지는지…….

어린 시절 한없이 넓어 보이던 학교 운동장도 어른이 되고 나면 작은 공터처럼 느껴진다지만, 거리감은 그와 반대인 듯하다. 애월의 집에서 출발할 때 성산과 표선, 남원 쪽은 단단히 마음먹고 가지 않으면 안 되는 곳이다.

이런 제주도민의 거리 감각을 눈치채지 못해 생기는 해프닝도 심심찮게 일어난다. 제주시의 인구 밀집 지역인 노형동에 살던 어느 날, 강원도에 사는 선배가 서귀포 시내에 와 있다며 전화를 했다. 갑자기 오게 되어 급히 연락해서 미안하지만 그래도 얼굴은 한번 봐야 하지 않겠느냐며 당장 달려오란다. 마땅히 그래야 하겠지만 밤 9시에, 그것도 십 분 내로 달려오라는 엄명(?)을 받자 헛웃음이 나왔다.

'역시 제주를 모르시는군.'

실소를 머금은 채 군소리 않고 달려갔다. 감격적인 상봉 뒤에 이어지는 꾸중. 어떻게 50분이나 지나서 올 수 있냐는 소리였다. 물론 예상하시는 대로 곧바로 사과를 받아낼 수 있었다.

제주와 서귀포는 멀다, 적어도 심리적으로는. 뭐 어떤가, 멀게라도 느껴져야 섬의 규모가 마음속에서 조금이라도 더 커지지 않을까.

성산읍 삼달리에 위치한 '김영갑 갤러리'. 한참 만에 왔지만, 제주에 있는 전시관 중에서 가장 많이 방문했을 만큼 늘 그리운 곳이다. 이제는 많은 이들이 찾는 제주의 대표 전시 공간으로서

삼달 분교를 개조해 지은 김영갑 갤러리 두모악.

군이 설명할 필요가 없는 곳이 되었다. 이 갤러리에는 오름을 주인공으로 한 제주의 자연이 파노라마 작품들 속에 꿈처럼 담겨 있다. 제대로 된 명칭은 '김영갑 갤러리 두모악'이다. 한라산의 옛 이름이 두모악인데, 갤러리 한라산보다 갤러리 두모악이 몇 배 더 감성적으로 느껴진다.

매일 바라보는 한라산의 옛 이름이라 제주도민에게는 제주의 별칭처럼 느껴지기도 한다. 두모악 혹은 두모는 사실 무척 인기 있는 우리나라의 지명이다. 두모, 두무, 두만, 두문, 동막과 같이 ㄷ과 ㅁ이 연이어진 비슷한 지명의 마을만 220여 개가 된다고 하니까. 하긴 얼핏 떠올려 봐도 두문동 계곡, 동막골, 두만강처럼 친근한 지명들이 입속에서 맴돈다.

지리·지명 학자들의 연구에 따르면 이렇게 ㄷ과 ㅁ의 초성을 가진 음절이 이어진 이름의 땅은 물이 흐르고 따뜻하며 둥그스름한 산이나 언덕으로 둘러싸인 곳을 가리키는 경우가 많다고 한다. 한마디로 '살기 좋은' 마을이라는 뜻이다. 때로는 자기 마을을 자랑할 심산으로 지형과는 어울리지 않게 두모나 두무로 이름을 바꿔버린 곳도 있다고 하지만 전국 대부분의 동막골과 두문동은 산과 물이 어우러진 포근한 마을일 가능성이 높다. 두문동에서는 두문'불출'하고 싶어지는 걸까?

다만 '두메산골'의 경우는 어원이 같을지 몰라도 산을 뜻하는 메(뫼)가 더 강조되어 외딴 느낌을 주는 것 같고, '두만강'의 사례는 마을이 아니라 강의 이름이지만 '부드럽게 솟아 있는 산을 굽이쳐 흐르는 물'이라는 뜻으로 해석하면 굳이 이상할 것도 없어 보인다.

이런 지명의 유래를 염두에 두고 제주 섬의 능선을 멀리서 바라보면 '두모악'이란 명칭이 한라산만큼 어울리는 곳이 또 어디 있을까 싶다. 그러고 보니 제주 서쪽에도 고즈넉한 마을 한경면 '두모리'가 있다는 걸 깜빡했다.

사진에 끝 모를 깊이의 감정을 불어넣는 김영갑 작가가 간절하게 제주의 속살을 담아내고 있다. 비록 사진에 대한 안목은 갖추지 못했어도, 밤새 제주 바람의 혹독함을 견뎌내며 미칠 듯 뛰는 심장으로 혹은 비장한 슬픔으로 찰나를 포착한 그 처연함만큼은 어렴풋이 알 수 있을 것 같다. 천형天刑으로 스러져가는 육체를 다잡아 제주의 땅과 하나가 된 그의 사무친 기운이 서늘하게 다가온다. 대체 두모악의 정체는 무엇일까. 그저 멋진 풍경이 아닌, 감당하기 힘든 감정을 불러일으키는 오름의 존재는 어찌 표현해야 하는 것일까. 한마디로 제주 오름의 경치는 왜 경치에서 그치지 않고 사람의 폐부까지 찔러대는 것인지 알 수 없는 노릇이다.

문학평론가이자 철학자인 발터 베냐민은 20세기에 새로운 예술 장르로 등장한 사진에 각별한 관심을 가졌다. 그러면서도 사진의 '표제'가 갖는 중요성을 역설했다. 수없이 복제 가능한 사진의 특성상 원위치에서 다른 곳으로 옮겨 간 사진들은 그 맥

김영갑, 〈C617-856〉, 41×124cm, 2015년. ⓒKIMYOUNGGAP GALLERY DUMOAK

김영갑 갤러리의 내부 전경.

락 자체가 제각각일 수밖에 없기 때문에 표제 혹은 제목이라는 설명이 없으면 사진의 의미가 모호해진다는 것이다. 충분히 수긍이 가는 주장이다.

그러나 상상해보자. 김영갑 갤러리의 오름 사진을 바라보는 발터 베냐민을. 충분한 감상 시간을 주고 난 뒤 그에게 제목의 필요성을 묻는다면 어떤 대답이 돌아올까? 가타부타 확실한 답변보다는 지긋이 미소 지을 그의 모습이 그려진다.

> 난 사진에 제목 붙이는 것을 거부한다. 사진마다 제목을 붙임으로써 감상자의 상상력을 제한하고 싶지 않기 때문이다.
>
> — 김영갑

이 말에 나는 전적으로 동의한다. 적어도 그의 사진에 한해서는. 상상력을 제한하는 것을 넘어서 저마다 다른 감상자의 감정을 글이라는 도구로는 완벽하게 표현하기 어렵기 때문이다.

김영갑 작가는 2001년 폐교된 삼달 분교를 갤러리로 단장하는 공사를 하던 시기에 몸에 이상을 느꼈다고 한다. 그로부터 이삼 년 후 방송 인터뷰 차 그를 만날 수 있었다. 이미 몸의 일부가 눈에 띄게 불편해진 때였지만, 추호의 흔들림도 없이 그간의 작품들에 대해 차분하게 설명하던 모습이 생생하다. 당시 대화를 나누었던 작업실 겸 서재가 지금은 유리로 가로막혀 있어서, 안을 들여다볼 수는 있어도 작업의 흔적을 가까이서 느끼거나 직

김영갑 작가의 서재 겸 작업실.

접 만져볼 수는 없게 되어버렸다. 제주가 좋아 제주로 온 게 아니라 제주가 아니면 살지 못할 것 같아 제주로 왔다는 작가의 고백을 회상하며 서재 안을 한참 들여다본다.

운동신경들이 차례로 죽어가며 결국엔 호흡을 담당하는 근육까지 기능을 잃어버려 사망에 이른다는 루게릭병. 셔터를 누르는 세밀한 손의 근육과 최적의 스폿을 향하는 다리의 근육 등 전신의 근육을 써야만 하는 사진가이니, 그가 느낀 절망감이 얼마나 깊었을까. 대부분의 환자가 발병 뒤 2년에서 5년 내에 숨을 거둔다는 이 끔찍한 병마를 선고받고 맞은 낯선 시간은 황망 그 자체였을 것이다. 필연적인 방황 후에 황금과도 같은 시간을 아껴가며 한 컷이라도 더 담아내려 했던 그의 의지 덕에 우리는 제주의 환상적인 풍경을 하나라도 더 감상할 수 있는 호사를 누리게 된 것이 아닐까.

의지의 물리학자 스티븐 호킹은 그야말로 한창 나이인 스물한 살에 루게릭병을 판정받았다. 그 역시 남은 생이 2년에 불과하다는 사형선고를 받고 절망에 빠졌지만, 모두의 예상을 깨고 76살까지 살았으니 극히 드문 사례라 할 수 있다. 삶의 연장은 그 자신뿐 아니라 우주의 이치를 알고 싶어 하는 세상 사람 모두에게 큰 축복이 되었다. 근육이 힘을 잃어도 번쩍이는 이성이 신체 안에 있는 한 이루지 못할 것은 없었고, 음성합성기를 거쳐 나온 그의 소리는 성악가의 노랫소리보다 더 큰 울림을 주었다. 다만 다른 방향에서 자연의 근본을 더 알려줄 수 있었던 김영갑 작가에게는 왜 그런 기적이 일어나지 않았는지…… 뒤늦은 투정을 부리고 싶을 뿐이다.

김영갑 작가가 사랑한 오름은 과연 무슨 힘을 갖고 있는 것일까. '독립된 산 또는 봉우리를 이르는 제주 방언이며 한라산 자락에 자리하는 기생화산', '분화구를 갖고 있는 화산쇄설물'이라는 정의만으로는 그의 내면에 가닿을 길이 없다. 제주 설화에 따르면 걸크러시 슈퍼스타인 설문대 할망이 흙을 퍼 날라 한라산을 만들었는데, 흙을 나르는 과정에서 신발에 묻은 흙이 군데군데 떨어져 쌓여 오름이 생겨났다고 한다.

삼백육십여 개에 달하는 제주의 오름은 글자 그대로 '○○오름'으로만 불리지 않는다. 제주도를 여행하면서 들어보았을 여러 명칭의 산이나 봉우리도 사실 모두 오름의 다른 이름일 뿐이다. 그러니 한라산만 빼놓고 제주 섬의 볼록 솟아 있는 모든 것은 오름인 것이다.

먼저 산방산과 같이 '산山'이라고 이름 붙여진 오름에는 고근산, 단산 등이 있다. 산이 붙은 것들은 과거 현청이 있던 고을 내에 속해, 한자 작명을 선호한 현의 관리들이 영향을 끼쳤을 거라고 추측하기도 한다. '악岳'도 있다. 설악산처럼 산세가 험해 고도에 상관없이 오르기 힘든 오름에 붙여졌다. 어승생악, 성판악 등의 이름을 들어보았을 것이다. 아무래도 한라산의 중심과 가까운 곳에 있는 오름이다 보니 해안가의 야트막한 오름보다 험할 수밖에 없다. 세 번째는 '뫼(메)'다. 알다시피 산을 뜻하는 고유어이고 노꼬메, 왕이메, 바리메 등 익숙한 이름들이 떠오른다. 여기에 오름이 중첩돼 '노꼬메 오름'이라고 부르는 경우도 있다. 한편 과거에 통신 역할을 한 봉수대가 있던 오름에는 '봉峰'의 직책이 부여됐는데, 원당봉과 지미봉 등의 예가 있다.

제주의 오름은 제주인이 이상향으로 그려온 꿈의 공간만은 아니었다. 오름을 기둥 삼아 많은 중산간 주민들이 삶의 터전을 일구었다. 마을 사람이 생을 마치면 해당 마을의 수호신 역할을 하는 오름의 능선 위에 묻은 뒤 봉분을 쌓고 산담을 둘러치곤 했다. 오름은 삶이자 죽음이었고 현실이자 이상 세계였던 것이다. 결코 잊을 수도, 잊혀서도 안 되는 제주 4·3의 숱한 비극의 무대가 된 곳 역시 오름이었다. 중산간에 산다는 이유만으로 살해 위협을 받은 제주인이 마지막으로 몸을 숨긴 곳도 오름이었고, 운 없이 발각돼 무참히 살해된 곳도 오름이었다. 오름은 곧 제주의 역사이자 제주 자체인 것이다.

김영갑 작가가 바라본 것도 오름의 환상적인 외양만은 아니었을 것이다. 있어야 할 자리에 우뚝 서서 공기의 흐름을 바꾸고, 약하디약한 인간의 내면을 미친 듯이 흔들어놓는 거부할 수 없는 대상이 바로 오름의 본질이 아닐까. 새벽녘이나 별이 뜰 무렵에 작가가 포착한 오름의 순간적인 인상은 현실이자 비현실이다. 그의 오름은 피사체로서의 자연물임을 스스로 거부하고, 보는 이의 심장에 깊게 꽂히는 추상화가 되어버린다.

김영갑, 〈C617−875〉, 79×240cm, 2009년. ⓒ KIMYOUNGGAP GALLERY DUMOAK

희한하게도 오름은 가을에 더 그리워진다. 좋은 사람들과 오름에 올랐을 때가 우연찮게 주로 가을이었다는 점도 작용하겠지만, 제주의 가을바람에 흔들리는 억새 사이로 보이는 오름의 능선이 다른 계절의 인상과는 분명히 달라서도 그런 듯하다. 각각의 경치를 하나의 감정으로 표현할 수는 없어도 제주의 오름은 내면을 가라앉히는 무언가가 있다. 경탄과 환호보다는 묵직한 슬픔에 가까운 심상……. 오롯이 그 감정들을 끌어안고 싶다면, 오름을 직접 올라보거나 김영갑 작가의 사진을 넋 놓고 바라보면 될 일이겠다.

봄이 깊어간다. 제주시보다 더 남쪽인 이곳의 벚나무는 꽃을 훨씬 많이 떨군 모습이다. 또 일 년을 기다려야 한다. 뜨겁고 찬란한 제주의 여름을 보내고, 올가을에는 좀 더 부지런해져야겠다.

오름이 그 자리에 있고,
그곳에서 영원히 오름을 담고 있을 그가
생전에 그랬듯이 우리를 덤덤히 맞아줄 테니까.

김영갑 작가.

녹차 전쟁

보성 대한다원 vs
제주 녹차밭

우리나라의 각 지역을 떠올리면 대표적인 연관 명사가 튀어나온다. 순창은 고추장, 횡성은 한우 등. 울릉도는 호박엿이라고 해야 할지 오징어라고 해야 할지 결정 장애가 올 수도 있겠다. 둘이상의 특산물이 떠오른다면 그곳은 참으로 축복받은 곳이리라. 물론 먹을거리만 있는 건 아니다. 수원 하면 '이것은 갈비인가 통닭인가!'의 갈비통닭도 있지만 '화성華城'이라는 자랑스러운 유네스코 문화유산이 떠오르고, 여수 하면 언제부턴가 '밤바다'가 최강의 연관 검색어로 자리 잡았다.

그렇다면 거꾸로 지역명이 아니라 '녹차'라고 먼저 운을 띄우면 어떤 곳이 떠오를까? 아마 가장 많은 표를 얻는 곳은 전남 보성이나 경남 하동이 아닐까 싶다. 특히 보성 하면 입술이 알아서 녹차를 뒤이어 발음할 준비를 하고 있으니, 보성 하면 녹차고 녹차 하면 보성이다. 진리다. 그러나 제주도민에게 같은 질문을 하면 굳이 뭍으로까지 사고를 확장할 필요를 느끼지 않는다. 어느새 녹차는 탐라의 특산물로 거듭나고 있는 중이며, 실제로 녹차밭 자체가 관광지가 된 곳도 꽤 있다.

선의의 경쟁을 벌이고 있는 두 라이벌 보성과 제주, 오늘은 초록의 기운과 향기를 흩뜨려보고자 한다. 먼저 녹차 생산의 국가대표 보성으로 가보자.

무슨 말이 필요할까. 사진으로는 오롯이 담아낼 수 없는 급경사의 초록색 장관, 그 압도적인 배경이 녹차밭을 더욱 드라마틱하게 만들어준다. 급한 각을 이루는 경사는 보는 이로 하여금 긴장감을 느끼게 하기 마련인데, 그 경사를 이루는 것이 초록의 차나무 군락이라 평화로움과 위태로움을 동시에 느끼게 하는 듯하다.

보성의 계단식 녹차밭은 국가 중요 농업 유산으로 지정된 특별한 공간이다. 일부 차밭이 일제강점기에 조성되었다는 이유로 지정이 미루어지다가, 삼국 시대부터 이 지역의 사원을 중심으로 밭이 조성됐다는 역사 기록 등을 주민들과 관련 학자들이 입증한 덕에 대표적인 차 산지로 우뚝 서게 되었다. 전국 녹차 재

보성 대한다원의 녹차밭 풍경.

배 면적의 3분의 1을 차지하는 이곳 보성은 그야말로 녹차 산지의 선두 주자라 할 만하다.

'다른 것도 많지만 녹차밭도 명물이다'라는 게 아니라 '우리는 오직 녹차밭이다'라는 자신감에 훨씬 더 가깝다. 이것만큼은 양보할 수 없다는 당당함이 보성의 녹차밭에서는 노골적으로 배어 나온다. 당당함의 근원이 인공 구조물이 아니라 장쾌한 초록의 물결이어서 속이 다 시원해진다. 다원의 최상부에 올라가면 남해 바다의 잔잔한 수면까지 조망할 수 있다. 녹차밭의 초록과 바다의 푸른빛이 단층을 이루는 전망에서 이 본고장의 녹차를 입 안에 머금게 된다면, 실로 환상적인 조화를 체감할 수 있을 법하다.

차나무에 얽힌 유명한 설화가 떠오른다. 선종의 창시자로서 탱화의 스타인 달마대사, 친구나 선생님 중에 꼭 한 명 이상은 닮은 사람이 있다는 바로 그의 이야기다.

하루는 달마대사가 면벽 정진을 하고 있는데 그날따라 유난히 잠이 쏟아졌다고 한다. 그렇다. 아무리 고차원의 수련계에 올랐다고 해도 수년 동안 희멀건 벽만 바라보는데 잠이 안 올 턱이 있겠는가. 졸음이 몰려오면 눈꺼풀은 중력을 이겨내지 못하는 법. 너무나도 무거운 눈꺼풀을 감당하지 못하자 달마대사는 스스로 눈꺼풀을 잘라 속절없이 마당에 내버리는 대승의 면모를 보였다.(달마대사 그림의 핵심인 부리부리한 눈매는 그래서 다 이유

김명국, 〈달마도〉, 17세기 중반.

가 있었던 것이다.) 달마가 던져버린 이 눈꺼풀은 땅속에서 싹을 틔워 차나무로 자라나게 되었다고 한다. 자신의 눈꺼풀이 차나무가 된 것을 알았는지 몰랐는지 달마대사는 이 나무의 잎을 따서 차로 달여 마시며 잠을 쫓았다고 하니, 설화의 마무리 부분까지 기가 막힐 뿐이다. 녹차에 들어 있는 카페인 성분이 각성제의 기능을 한다는 것을 생각해보면, 달마대사의 설화는 적절하고도 해학이 넘치며 과학적으로도 환영받을 게 틀림없다.

녹차가 우리나라에 들어온 시점에 대해서는 크게 두 가지 설이 존재한다. 먼저 가야국의 시조인 김수로왕의 비 허황옥이 인도에서 차나무 씨를 가져왔다는 설이고, 두 번째는 통일신라 흥덕왕 3년(828년)에 당나라에 사신으로 파견된 김대렴이 귀국길에 차나무 종자를 가져와 곳곳에 심었다는 설이다. 도입 과정이 더 구체적인 흥덕왕 시절의 기원설이 그럴듯해 보이지만, 만약 가야국 기원설이 맞는다면 이야기는 달라진다. 42년생인 수로왕의 시대를 감안할 때 우리나라 차나무와 차의 역사는 2천 년에 육박하는 셈이니, 한민족에게 녹차란 유사 이래 최고_{最古}의 국민 음료라 해도 과언이 아닌 것이다.

중국에서 우리나라를 거쳐 일본으로 건너간 차의 음용이 '다도茶道'라는 형식으로 역수출되어, 걸맞은 예절과 다기가 차 마시기의 조건으로 추가되면서 대중화의 길에서 비껴간 것도 사실이다. 품격을 위해 인기를 맞바꾼 셈이랄까. 그러나 녹차의 맛과 효능을 아는 대중이 그대로 있을 리 없었다. 정통 다도는 그것대로 두되, 사무실 한쪽의 탕비실에서 언제든지 간편하게 음용할 수 있는 문화도 만들어낸 것이다. 녹차는 이제 성聖과 속俗을 아우르는 초록빛 음료의 위상을 획득했다고 봐도 무방하지 않을까.

이제 제주의 녹차밭으로 가보자. 먼저 유명 방문지가 된 기간으로만 따지자면 이미 '탑골' 수준이 되어버린 '오설록 티뮤지엄'과 주변의 녹차밭이다. 연중 밀려드는 인파로 북적이는 제주의 대장급 관광지임은 물론이다. 무엇보다 대기업에서 생산한 다양한 녹차와 가공식품을 즐길 수 있다는 매력이 상당하지만, 그만큼 아름다운 조경과 잘 관리된 녹차밭의 운치가 제대로 대접받지 못하고 있다는 안타까움 또한 지울 수 없다. 어쨌건 사람이 많이 찾아온다는 것은 곧 인기의 척도이니 빼놓으면 섭섭한 핫 스폿이다.

다음으로는 생소하더라도 제주다운 곳을 소개하고 싶다. 바로 이곳이 제격일 듯하다. 5·16도로를 넘어 서귀포 방면 내리막길의 우측에 자리한 '서귀다원'이다. 보성의 극적인 광경에 비하면 밋밋할 수도 있는 모습이지만, 북쪽의 한라산과 남쪽의 바다가 포근하게 끌어안고 있어서 퍽이나 이국적이고 평화로운 풍경을 연출한다. 만만하게 생각하고 경사로를 올라갔던 보성의 녹차밭에서 뜻밖의 체력 단련을 했다면, 서귀포의 다원에서는 야트막한 뒷동산을 한가롭게 산책했다고나 할까. 급경사가 거

오설록 티뮤지엄과 녹차밭.

서귀포의 서귀다원.

의 없는 제주의 중산간이 녹차밭 지형에도 그대로 적용되고 있다. 다리에 무리가 가지 않는 상태에서 주위를 찬찬히 감상하는 여유를 가질 수 있다.

커피에 더 익숙해서 차에 대한 지식이 많지 않은 사람도 차의 종류가 찻잎을 따는 시기에 따라 나뉜다는 것 정도는 알고 있을 것이다. 절기상 곡우(양력으로 4월 20일경) 닷새 전부터 잎을 따 만든 우전을 시작으로 세작과 중작, 대작으로 분류한다. 가격은 첫 잎을 따서 만든 차가 가장 비싸다고 한다. 또한 발효 정도에 따라 불발효차인 녹차에서 발효율이 높아질수록 우롱차, 홍차, 보이차가 되며, 홍차는 발효율이 85퍼센트 이상이라고 한다.

지금은 다양한 기호 식품을 쉽게 구할 수 있는 세상이다. 대량 생산되어 희소성이 떨어지는 약점이 있을지라도 품질과 맛이 뛰어나 까다로운 소비자의 입맛을 사로잡는 기호 식품이 넘쳐난다. 과거를 돌이켜보면 기호 식품 하나로 역사의 큰 줄기가 바뀐 사례들도 있으니, 기호 식품의 역사는 더 이상 '기호'만의 문제는 아닐 것이다.

1840년에서 1860년 사이에 두 차례 일어난 아편전쟁으로 중국은 서구 열강으로부터 직접적인 피해를 입게 된다. 세계 최강이자 세상의 중심이라 믿었던 중국 국민들이 영국과의 전쟁에서 패해 굴욕적인 조약을 맺을 수밖에 없었을 때 받은 충격은 오죽했을까. 지구 반대편에 버티고 있는 강력한 국가들의 위협을 눈치채지 못한 중국인들의 몽매를 탓할 수도 있지만, 유사 이래의 수많은 전쟁 중에서 서구 열강의 무자비함을 실컷 비난해도 되는 예가 있다면 바로 아편전쟁일 것이다.

해가 지지 않는 나라 영국은 세계 최강의 식민지 부자답게 동인도회사를 통해 동방의 각종 상품들을 수입했다. 그중 영국인들이 가장 열광한 수입품은 중국산 차였다. 아편전쟁 직전 중국의 차가 동인도회사의 수입품 중 90퍼센트를 차지했다고 하니, 어마어마했던 차 열풍을 짐작할 수 있다. 차 문화에 섞이지 못하면 사교계에서 따돌림을 당할 정도로 차는 곧 영국의 국민 기호 식품이 되었다.

마구잡이로 차를 수입하다 보니 대금으로 치른 은銀이 바닥나기 시작했다. 현물 유통에 심각한 위기를 겪게 된 영국은 대안으로 '아편'을 중국에 수출해 은을 회수하고자 했다. 착한 기호 식품을 받아들여 발생한 경제 위기를 중독성이 강한 마약으로 메운 셈이다. 아편을 피우는 건 자국민이 아니니 중독이 되건 부작용으로 죽어나가건 아무 상관이 없었던 것이다. 고상한 잔에 담긴 붉은빛의 홍차를 음미하기 위해 마약 굴에서 죽어가는 아시아의 희생양을 죄의식 없이 만들어냈을 뿐이다.

폐해가 심각해지면서 더 이상 우리에게 아편을 사라고 강요하지 말라는 청나라와 고집스럽게 아편을 강매하는 대영제국 간에 전쟁은 불가피했다. 하지만 이 전쟁에서 중국은 굴욕적으로 패배하고 만다. 이유가 없는 전쟁은 없다고 하지만 아편이 빌

미가 된 전쟁이라니 기가 찰 노릇이다. 대영제국이라는 국가명에 붙은 '大'라는 수식어가 뻔뻔해 보일 수밖에 없는 역사의 단면이다. 제1차 아편전쟁 후에 체결된 난징 조약으로 홍콩이 영국에 할양되고 광저우를 비롯한 중국의 다섯 개 항구가 강제로 개항되었으며, 제2차 아편전쟁 이후에는 베이징 조약을 통해 영국은 물론이고 프랑스, 러시아에도 상당한 이권을 넘겨주게 되었다.

그렇듯 뼈아픈 역사를 품고 있음에도 홍콩의 호텔들에서는 영국의 차 문화 상품인 '애프터눈 티 세트'를 경쟁하듯 브런치 메뉴로 선보이고 있다. 홍차에 곁들이는 3단 트레이 위의 다과들은 홍콩을 대표하는 또 하나의 로컬 푸드가 된 지 오래다. 아편으로 인한 극심한 폐해와 잇따른 전쟁의 패배로 결국 영국에 할양되는 비극까지 겪게 만든 단초가 다름 아닌 '차'였음에도, 홍콩의 한복판에서 애프터눈 티가 무덤덤하게 또 하나의 문화로 자리 잡고 있는 모습은 역사의 아이러니라고 할 수밖에 없다.

보성과 제주의 녹차밭에서 홍콩과 영국까지 나아가고 말았다. 비약이 정도를 넘어선 듯하다. 에라, 모르겠다. 장소가 어디건 무슨 상관이랴. 지친 몸과 마음을 달래려고 마시는 소중한 녹차 한 잔은 평범하기 그지없는 공간을 여유로운 쉼의 장소로 만들어줄 텐데 말이다.

그러니 진부하고 뻔한 결론이지만
이렇게밖에 할 수 없지 않을까.
보성 vs 제주,
무승부를 선언하는 바이다.

진격의 백만대군

애월읍 목욕팅

　요즘은 아폴로나 라면땅, 뽑기 같은 과자가 생각보다 흔하게 눈에 띈다. 얼마 전까지만 해도 복고 문화를 체험할 수 있는 박물관에서나 팔던 어릴 적 먹거리들이 요즘은 초등학교 앞 문구점이나 마트에서도 당당히 군것질거리로 팔리고 있다. 무엇이든 기가 막히게 복제해내는 시대이고, 그리운 과거를 통째로 옮겨올 수 있는 세상이다.

　마트에 장을 보러 가서도 복고 트렌드를 볼 수 있다. 이번에는 고체가 아닌 액체다. 그 옛날 세 꼭짓점 중 하나를 가위로 잘

라내고 빨대를 넣어 두 손에 올려놓고 마셨던 '삼각우유'가 냉장 진열대에 늘어서 있다. 과자로 말하자면 대한민국의 정(精)과 동의 이음어나 다름없는 초코파이, 음료수로 본다면 하늘에서 별을 따다 두 손에 담아드리는 오란씨 정도가 탄생부터 지금까지 단절되지 않고 쭉 이어져온 대표적인 장수 간식이라 할 수 있지 않을까. 손이 베일 듯 날카로운 모서리의 위용을 뽐내는 삼각우유는 한동안 자취를 감췄다가 재등장한 아이템이기에 재회의 감동이 배가 되는 것 같다.

카트를 세워놓고 삼각우유를 한참 주시하고 있자니, 전통으로는 뒤질 것 없는 또 다른 음료계의 대부들이 눈앞에 아른거린다. 바로 국민 건강음료 베지밀, 그리고 최근 진정한 본색을 가리느라 흰색 파와 노란색 파가 뜨겁게 격돌하고 있는 바나나 우유다. 어느 것이나 대한민국의 음료사에서 빼놓을 수 없는 절대 강자임을 부인할 수 없다. 티격태격 왕좌를 차지하기 위해 벌이는 다툼이야 느긋하게 관전하면 그만이지만, 사우나나 대중목욕탕 내에서 벌어지는 경쟁만큼은 워워 하며 말릴 필요가 있다. 슈퍼마켓이나 구멍가게에 비해 더 노골적이니까. 몸을 말린 후 평상에 앉아 있는 고객들의 손마다 무조건 마실 것이 들려 있으니, 우열이 눈앞에 그대로 드러나기 마련이다.

소개해드린다. 포스를 내뿜는 '목욕탕' 음료수계의 삼대장 베지밀, 바나나우유, 삼각우유를! 박수 한번 보내주시길.

셋의 공통점을 찾아보니 우유 아니면 두유, 즉 유제품이다.

추앙하라, 삼대장을!

얼핏 생각하면 탄산이 들어간 음료가 청량감은 한 수 위일 것 같은데, 부드럽고 달콤한 유제품이 제왕의 자리를 다투고 있다. 물론 베지밀의 경우는 마땅히 'B'를 집어 들어야 달콤함을 맛볼 수 있다. 세상 가장 당혹스러운 순간이 베지밀 B로 알고 마셨는데 A였던 경우라 하지 않던가. 마시는 행복을 제대로 느끼려면 꼼꼼한 확인이 필수다.

목욕탕에서 최고의 음료수라는 훈장을 반대로 해석하면 목욕탕을 벗어난 일상에서는 각양각색의 맛을 뽐내는 음료들과 살벌한 경쟁을 해야 하는, 사뭇 차원이 다른 약육강식의 세계로 들어가야 한다는 뜻이기도 하다. 그러니 오늘은 이 삼대장을 위해서라도 옛날 목욕탕으로 무대를 좁히는 게 좋을 듯싶다.

그나저나 이거 어떡하나. 어린 시절 목욕탕의 추억을 되살리려면 실내로 들어가야 할 텐데……. 일단은 구제주에서 오래되어 보이는 목욕탕 한 곳을 발견했다. 손님들이 남탕 여탕 입구로 제법 들어가는 것이 보인다. 그런데 주인장에게 양해를 구해 사진 찍는 것을 허락받는다고 해도 사람들이 안에 있다면 맨살이 드러나는 각도를 피해 내부만 촬영한다는 것이 여간 까다롭지 않을 것 같다. 어쩔 수 없다. 아무리 추억을 캐는 것도 좋지만 의도치 않게 19금 사진작가가 될 수는 없다. 제주시에서 발길을 돌려 한적한 집 근처의 목욕탕을 찾아보기로 한다. 애월읍 내에 설마 재래식 목욕탕 하나 없을까.

파란색 안내 표지가 붙어 있는 남탕의 문을 열고 들어가자 애월읍 하귀리의 한 목욕탕.

소박하기 그지없는 목욕탕 내부.

할아버지 한 분이 쪽방 같은 공간에서 요금을 받고 수건을 한 장 내주신다. 신발을 벗고 안을 들여다보니 손님 한 분이 있다. 머리를 수건으로 터프하게 털고 있는 걸로 봐서 마무리 단계임이 틀림없다. 이분만 나간다면 나 혼자뿐이다! 주인 할아버지에게 취지를 설명하고 흔쾌히 허락을 받았으니 마음 놓고 사진을 찍어도 될 것 같다.

그런데 이럴 수가, 지금까지 가본 목욕탕 중에서 가장 작은 초미니 목욕탕이다. 부잣집 거실 정도의 면적밖에 안 된다. 그럼에도 욕조와 샤워 시설, 사우나가 통째로 들어가 있는 모습이라니! 이건 마치 무어의 법칙이 말하듯 18개월이 지나 집적도가 두 배가 되어버리는 고성능 메모리 칩과도 같다. 자그마한 공간에 없는 것이 없다.

지금까지 다닌 장소들은 그저 편하게 바라보며 감상에 젖으면 그만이었지만, 오늘 이 목욕탕에서는 몸소 재현하는 작업이 선행돼야 추억을 호출할 수 있다. 탈의와 샤워, 욕조 안에서 몸 불리기, 하이라이트인 때 밀기, 찬물과 뜨거운 물 속으로 반복 입수하기, 그리고 터프하게 물 끼얹기를 예전 그대로 재연해야 한다. 경건한 알몸 의식을 치르기 위해 유리문을 열고 탕 안으로 들어선다.

아무도 없는 공간이 드라마 세트장 같기도 하지만, 적막한 목욕탕의 내부가 어린 시절을 떠올리기에 그만이다. 아버지의 손을 잡고 들어온 꼬마의 시선으로 주위를 둘러본다. 주변에서 열심히 때를 밀고 있는 아저씨들이 눈에 선하다. 그 시절의 일요일 아침은 곧 아버지와 함께 하는 '목욕탕 타임'이었다. 어린 나이에 뜨겁디뜨거운 물에 들어가야 하고 살갗이 벗겨지는 듯한 고통을 감내해야 하는 그 시간이 어찌 즐거울 수 있었을까. 그래도 어쩌다 친구라도 만나면 목욕탕은 이내 워터파크로 둔갑했고, 세신 과정이 끝난 뒤에 맛볼 삼대장의 유혹은 마지못해 아버지의 손을 잡고 집을 나선 발걸음을 한결 가볍게 했다.

샤워를 하고 뜨거운 욕조 안으로 발을 집어넣는다. 왜 어른이 되면 펄펄 끓는 탕 속으로 서슴지 않고 오체투지를 할 수 있는 것일까? 성인이 되면 뜨거운 걸 잘 못 느끼게 되는 건지, 아니면 어릴 때부터 쌓아온 한국인 특유의 입욕 경험으로 내공이 쌓인 것인지 모를 일이다.

"시원~~하다!"

열탕 속에서 절로 샤우팅을 하게 만드는 시원함의 역설은 수십 년간의 훈련으로 다져진 한국인만이 기꺼이 받아들이는 최고의 모순이 아닐까.

아무리 한국의 성인 남자라 해도 열탕의 물이 40도가 넘으면 입욕 전에 먼저 몸에 물을 끼얹는 준비 단계가 필요하다. 또 전신을 담그기 전에 일단 가장자리에 앉아 하반신부터 열에 적응시키는 일련의 과정도 필요하다. 이에 반해 건식 사우나는 내부의 온도가 무려 80도에서 100도에 육박해도 공기만 뜨겁기 때문에 체감온도는 훨씬 낮은 데다 순간적인 화상을 일으키지 않아 어르신들도 오랜 시간 버티고 앉아 있을 수 있다고 한다. 그렇다고 해도 가끔 들려오는 사우나 안에서 심장마비를 일으켰다는 뉴스는 경각심을 불러일으킨다. 조심하시길.

오른쪽 사진 속 목욕업계의 안내문을 보자. 그렇다. 감기에 걸린 자나 꼬마들에게 사우나 이용이 권장될 리 없고, 수축기 혈압이 저 정도로 높은 분들은 스스로 알아서 사우나엔 들어가지 않을 것이다. 갑자기 뜨거워진 공기가 안압에도 영향을 줄 수 있으니 눈 질환을 앓고 있는 분들에게도 좋을 것 없고, 안면 홍보증은 안면 '홍조증'이 잘못 인쇄된 것이겠다. 노약자, 임산부, 고열 환자 및 중증 심장병 환자 역시 사우나 이용은 삼가는 게 당연하다. 재미있는 것은 아래의 두 항목이다.

먼저 '술 마신 후 2시간 이내의 자'.

이렇게 공중公衆을 대상으로 한 안내 문구라면, ~~한 '사람'이나 ~~인 '분'이라는 표현은 맛이 나지 않는다. 반드시 ~~한 '자'여야 제격이다. 술 마신 후 '2시간'이라고 못 박아놓은 것이 귀여워 보이기까지 한다. 규정에 수치가 들어간 이유는 사후에 판정을 명확히 하기 위해서일 텐데, 소주 한 잔 마신 사람과 한 병 마신 사람 공히 2시간인 건지, 차라리 사우나 입구에서 음주 측정을 하는 게 더 나은 건 아닌지, 웃음이 터져 나오는 문구가 아닐 수 없다.

마지막을 보자. '출혈을 많이 한 자.'

상식적으로 출혈을 많이 한 자가 병원으로 달려가지 않고

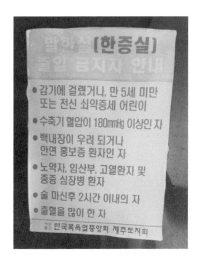

발한실 [한증실]
출입 금지자 안내

- 감기에 걸렸거나, 만 5세 미만 또는 전신 쇠약증세 어린이
- 수축기 혈압이 180mmHg 이상인 자
- 백내장이 우려 되거나 안면 홍보증 환자인 자
- 노약자, 임산부, 고열환자 및 중증 심장병 환자
- 술 마신후 2시간 이내의 자
- 출혈을 많이 한 자

한국목욕업중앙회 제주도지회

한국목욕업중앙회 제주도 지회의 안내문.

자동 등밀이 기계. 혁신 그 자체다.

목욕탕에 들어오려 할는지 이해가 되지 않는다. 범죄자이거나 누명을 쓴 자가 흐르는 피를 완벽히 닦아내려고 마침 시야에 들어온 목욕탕을 급히 찾을 수는 있으나, 그런 상황이 아니라면 과거에 심각한 출혈을 경험한 사람이 대상일 것도 같다.

트집을 잡으려는 게 아니다. 오랜만에 느끼는 문장의 순박함이 좋아서 그럴 뿐이다. 그럼에도 웃어넘겨서만은 안 될, 생명이 걸린 소중한 문장들인 것도 사실이다. 명심하고 또 명심해야할 가치가 있는 '한국목욕업중앙회'의 공식 입장이라는 것을 잊지 말아야겠다.

이런 기계가 있다고 듣기는 했는데 실물로 영접하게 될 줄은 몰랐다. '자동 등밀이 기계'라고 좌측 상단에 씌어 있는 것이 보이는지.(239쪽 아래 사진.) 모르는 사람끼리도 거리낌 없이 등을 내주고 밀어주던 예전의 목욕탕에서는 필요 없는 발명품이다. 오히려 호혜의 덕목을 말살해 인간성을 박탈시키는 원흉이라는 이유로 진즉에 퇴출됐을 가능성이 높은 창조물이다. 이 시골의 작은 목욕탕에서도 시대의 흐름이 감지된다. 하긴 낯선 사람에게 등을 밀어달라고 하는 것이 쉬운 부탁은 아닌 세상이다. 양옆에 달린 봉을 잡고 등을 대볼까 하다가 이내 포기하고 만다. 이태리타월의 강력한 맛은 아버지의 손길을 통해서만 느낄 수 있는 법이니, 기계로 인해 추억에 생채기가 나게 할 수는 없다.

아, 제주만의 공간을 그리고 있는데 지금까지의 목욕탕은 전국 어디에서나 볼 수 있는 일반적인 곳임을 인정한다. 그래서 이번엔 기가 막힌 제주의 샤워장을 소개하려 한다.

'특징: 노천이다. 온수란 건 없다. 해변에 있다. 가끔 물고기도 볼 수 있다.' 이곳이 어디일까?

곽지 과물노천탕이다. 허투루 말하는 것이 아니다. 엄연히 남탕과 여탕이 구분되어 있는 노천 '목욕탕'이다. 그것도 한라산에서 내려오는 용천수가 폭포처럼 쏟아지는 특급 수질의 탕이다. 우리 가족이 한여름에 곽지 해수욕장을 고집하는 이유도 바로 이것이다.

끝없는 수평선을 바라보며 해방감을 느낄 수 있는 해수욕은, 다 좋은데 귀가하기 전의 뒤처리만은 여간 고역이 아니다. 공감하지 않는가. 피부와 수영복에 달라붙은 꿉꿉한 소금기의 잔해를 어떻게 털어낼 것인가. 곽지 해수욕장으로 온다면 이것은 쓸데없는 걱정이다. 해수욕장 초입에 있는 과물노천탕에 들어가면 깔끔히 해결되기 때문이다. 얼음장같이 차가운 용천수 폭포 아래에 득음할 각오로 5초만 몸을 내맡기면, 엄마와 아내의 빨래 걱정은 훌훌 날아가 버린다. 쾌적한 바캉스는 이곳 곽지 해수욕장에서! 잊지 마시길.

다시 때 밀기의 과정으로 돌아가자. 피부에 열상의 고통을 감내하고서라도 온몸의 찌꺼기를 털어내려면 충분한 물의 공급이 전제되어야 한다. 몸을 물에 불려 피부에 달라붙은 이물질을 붕 뜨게 하고, 이렇게 벗겨낸 이물질은 시원하게 물을 끼얹어야 말끔히 사라질 테니까. 더러워진 몸뚱어리는 당연히 '물'로 정

곽지 과물노천탕.

노천탕 내부가 바다와 연결된 용천탕(해수욕장 개장 전의 모습).

화시켜야 하는 것이다. 오랜 과거부터 우리 민족은 더없이 맑은 물로 멱을 감아 청결을 유지했던 깔끔한 목욕 문화를 자랑한다. 목욕의 방법이나 습관도 시간과 공간에 따라 다양한 모습을 보인다고 하는데, 몸을 깨끗하게 하는 것에 무슨 차이가 있을까 싶어도 그 역시 하나의 독특한 문화라고 생각하면 이해가 안 되는 것도 아니다.

고대부터 이어진 유럽의 역사를 보면, 물보다는 향료나 향기가 신체의 청결을 위해 가장 중요한 수단이었음을 알 수 있다. 물이 부족해서라기보다 그들의 믿음 체계 때문이라고 하는 편이 맞을 듯하다. 로마 시대의 목욕탕이 지금까지도 거리에 남아 있을 정도로 당시 상류층은 물과 친숙했지만, 고귀하게 청결하다고 인정받기 위해서 고대 유럽인들은 일반적으로 향이 진한 연고를 몸에 바르거나 훈향을 피워 몸에 향기를 입히는 방법을 선호했다. 단어 perfume이 '연기를 피워내다'라는 어원을 가지게 된 것도 이런 습관에서 비롯되었다고 한다. 고대의 축제는 자극적인 향을 연신 피워대고 장미 꽃잎을 공중에 흩날리며 진행되었는데, 그야말로 '후각적 자극'이 청결의 기준인 시대였다. 오래 씻지 않아서 더러워지면? 향기로 가리면 될 뿐이었다.

중세에 들어서는 잘못된 상식으로 인해 물을 더 멀리하게 되었다. 중세 유럽의 대도시에서는 온갖 쓰레기와 동물 시체, 분뇨가 길거리에 뒤섞여 있었다. 이 오물들은 엄청난 악취를 풍기고는 결국 근처 강으로 버려져 도시민이 사용하는 물까지 오염

시켰다. 그래서 시민들은 도심의 정화 기능이 개선되는 것을 기대하느니 차라리 진한 향기로 주변을 치장하며 냄새를 또 다른 냄새로 이겨내고자 했던 것이다.

한편 14세기부터 유럽을 강타한 흑사병, 즉 페스트는 악순환의 방아쇠 역할을 했다. 감염된 쥐벼룩에서 비롯돼 수년간 2천만 명에 가까운 희생자를 양산한 이 역사적 비극은, 청결로 나아갈 수 있는 시계를 거꾸로 돌리고 말았다. 유럽인들은 페스트가 전염되는 원인이 다름 아닌 부패한 냄새라고 여겼는데 이 믿음은 흑사병에 걸려 숨진 사람들의 몸에서 풍기는 역한 냄새 때문에 진실로 받아들여졌고, 전염의 원인을 차단하기 위해서는 훈향이나 월계수나무 등을 태워 공기를 소독하는 것이 최선이라고 믿었다. 물을 사용해 더러움을 씻어내지 않고 오직 향기로 청결을 유지하려 했으니 전염은 가속화될 수밖에 없었다. 게다가 중세 유럽에서 물은 '씻기' 위한 물질이 아니라 고대 로마의 대욕장처럼 육신을 타락시키는 '퇴폐'의 상징이었다.

현대인의 관점에서는 참으로 이해하기 어렵다. 한편으로는 그토록 고집스럽게 향료를 찬양하고 향기에 집착했기에 오늘날 유럽이 명품 향수의 본고장이 될 수 있었다는 생각이 들기도 한다. 오늘 아침 손목에 살짝 뿌리고 나온 면세점 향수는 무지와 후회의 역사가 질료로 응축된 결과물인 것을.

글을 핑계로 오랜만에 재래식 목욕을 체험하며 물의 고마움을 깨닫는다. "청사아아아~안~"을 읊조리다 나도 모르게 온탕의 '수면'에 눈의 초점을 맞추었다. 어릴 적 습관이 나오고 만것이다. 40년 전 동네 목욕탕의 욕조 수면에는 때가 둥둥 떠 있었으니까. 조금 떠 있으면 안심했고, 많이 떠 있는 날은 감수하면 됐다. 지나치다 싶을 땐 목욕탕 안의 누군가가 "때 좀 걷어가"하고 어김없이 외쳤고, 목욕탕 직원이 바짓가랑이를 접고 들어와 촘촘한 잠자리채로 쓱 두어 번 수면을 휘저으면, 어느새 탕속의 물은 외관상 1급수로 거듭났던 것이다. 보건복지부와 수자원공사가 통탄할 과거라 할 수밖에. 그런데 참 희한하지 않은가? 지금으로서는 용납이 안 되는 수준의 위생 상태를 갖춘 목욕탕에서 목욕을 마쳤을 때의 개운함이란, 화사한 향기의 바디젤로샤워를 하고 난 느낌보다 분명히 몇 수는 위였다.

다음은 목욕탕을 떠올리면 소환되는 남자들의 묵은지 같은 스토리 차례다. 목욕탕 입구에 그려진 남탕 여탕이란 큰 글자는 남녀유별의 엄격함을 드러낸 것이지만, 그 엄격한 틀을 넘나들던 추억들도 빼놓기는 힘들다. 중학생쯤 되면 서로 궁금해 죽겠어서 캐묻는 녀석들만의 단골 질문.

"너 몇 살 때까지 엄마 따라 여탕 들어갔냐?"

누구는 여섯 살 때까지라고 하고, 또 다른 녀석은 4학년 때까지 갔다며 이해할 수 없는 자부심으로 답한다. 나의 여탕 출입도 예닐곱 살까지였으니 또래 남아의 평균치가 아니었을까. 지금의 기준으로는 지나치게 많은 나이라는 걸 알고 있다. 소급 적용은 사양이다. 예닐곱 이전에도 무조건 여탕만 간 건 아니었다. 엄마가 나를 데리고 가는 날엔 여탕, 아빠가 데리고 가는 날엔 남탕이었으니까. 그 역할이 어느 시점 이후로는 아버지의 전담이 되어버린 것이다. 남녀 인체에 대한 초급 교육과정에서 우리나라의 동네 목욕탕이 제법 역할을 한 셈이다. 우리의 재래식 목욕탕은 교육기관이기도 했던 것이다!

여덟 살의 겨울철로 돌아간다. 꽁꽁 언 날이라 오늘은 아빠와 함께 가는 목욕탕 행이 싫지 않다. 추울 때 뜨끈한 물속에 들어가 있는 건 어린아이라도 기분 좋은 일이다. 탕 속에서 몸을 충분히 불리고 나오니 이어지는 공포의 때 밀기 시간. 아빠는 손에 익은 이태리타월로 능숙하게 내 팔을 빡빡 문지른다. 아무리 생각해도 그럴 리가 없는데, 진피층의 물질까지 모조리 딸려 나오는 건지 굵은 때들이 피부 위에서 물결을 이룬다.(늦었다는 건 알고 있지만, 뭘 드시면서 읽고 계신다면 정말 죄송할 따름입니다.) 없는 때도 만들어내는 아버지는 진정한 세신의 장인이었다.

집에는 만화책이 많았다. 여덟 살 무렵 흠뻑 빠진 작품 중에는 작고하신 고우영 님의 『만화 삼국지』도 있었다. 스포츠 신문에 연재된 성인용 삼국지가 아니라 철저히 교양 목적으로 그려진 '진지 모드'의 만화였다. 사실적으로 그린 그림과 검증된 내용을 바탕으로, 위·촉·오의 역사적 전투 장면이 꼬마의 눈 속에서 생생하게 재현되었다. 그런데 만화 속 전투에서 맞닥뜨린

병력의 규모가 웬만하면 '백만'대군이다. 극적 효과를 더하기 위해 과장했을지 몰라도 대륙의 스케일을 실감할 수 있는 상징적인 숫자가 아닌가.

팔의 때를 다 밀었으니 이젠 군살이 없어 때 밀기의 효율이 좋은 등을 밀 차례다. 뒤로 돌아앉아 아빠에게 등을 내어놓는다. 욕조 안의 물을 한 바가지 끼얹고 나서 젊은 아빠는 자그마한 아들의 등을 밀기 시작한다.『삼국지』에 빠져 있는 요 녀석을 의식했는지, 아빠는 아들의 때를 밀며 1분에 한 번씩 과장스럽게 외치는 것이다.

"장~군, 백만'때'군의 적이 밀려오고 있습니다. 조심하십시오. 백만때군입니다!"

창피했다.

그래도 마실 건 챙겨야 하지 않겠는가. 서둘러 목욕을 끝낸 뒤 삼각우유나 들고 집으로 내달려야겠다.

두고 보자.

아빠의 폭언을

엄마한테 일러바칠 작정이다.

행복하자, 남쪽에서

서귀포
이중섭 거리에서
새연교까지

좀처럼 찾아오는 이 없는 시골집에 오랜만에 초인종이 울렸다. 인기척이 감지되면 리내가 먼저 짖곤 하기 때문에 놀라지는 않았다. 아하, 5년마다 가정을 방문해 통계자료를 수집하는 인구주택총조사였다. 이해가 잘 안 되는 문항은 조사원에게 물어보며 설문지의 빈칸을 빠르게 채워나갔다. 거의 후반부로 접어들 무렵에 낯선 문항 하나가 유독 눈에 띄었다.

"귀하는 제주에서 적응을 잘하고 있다고 생각하십니까?"

정지화면이 된 듯 일순간 멍해졌다. 물론 이 질문의 대상에는 단서가 있었다. '입도 5년 차 미만의 제주도민.' 그렇다. 나는 이제 이 문항에 답할 조건에서 한참이나 벗어나 있는 귀화 '완료' 단계의 제주인이었다.

제주에 적응을 완료한 사람의 특징 중 하나는 동선이 일정하다는 점이라고 할 수 있다. 불가피한 경우가 아니라면 익숙한 동선을 좀체 벗어나는 법이 없다. 간혹 제주를 이방인처럼 느껴보려고 도심에서 벗어나도 우리 동네와 비슷한 풍경이 토박이가 다 된 나를 맞을 뿐이다. 그런데 이날 나의 정체성을 고장 나게 만든 이 한 문항이 꼭꼭 숨어 있던 여행자의 DNA를 깨우고 말았다.

생각해봤다. 신제주권만 벗어나도 가슴이 쿵쾅거리던 초보 제주도민 시절에 심장을 뛰게 한 공간은 어디였고, 소중한 사람들에게 그토록 보여주고 싶었던 장소는 어디였는지. 순수했던 만큼 전형적인 코스가 있었다. 코스의 출발점은 바로 제주 올레 6코스의 구간이면서 '서귀포 작가의 산책길'이 시작되는 지점인 '이중섭 거리'였다. 1997년에 처음 조성되었다고 하니 벌써 25년 이상의 역사가 쌓인 곳이다. 공예품과 기념품 가게, 카페 등이 내리막길 양옆에 줄지어 있다. 예전에 비해 크게 바뀐 것이 없는 분위기여서 더 반갑다.

이렇듯 시작을 내리막으로 선택하면 그저 경쾌할 뿐이다. 더구나 바다를 향해 걸어가고 있다는 사실에 보행이 한결 들뜬다. 삼사십 미터쯤 내려가면 줄지어 이어지던 깜찍한 가게들이 불현

서귀포시의 이중섭 거리.

이중섭 거리를 내려가다 보면 왼쪽에 등장하는 서귀포 관광극장.

듯 끊어지고 만다. 로마나 아테네의 상점가를 지나다 뜬금없이 고대 유적을 마주친 느낌이랄까. 이중섭 거리 경사로의 중간쯤에서 담쟁이넝쿨이 역사를 말해주는 회색 건물을 볼 수 있다.

1963년에 개관해 1999년 문을 닫은 서귀포 관광극장이 이 건물의 정체이다. 60년이나 된 건물이라 늘어진 담쟁이가 자연스럽기만 하다. 서귀포시 최초의 극장이었으며, 지역 행사장으로도 기능한 시민 종합 문화공간이었다고 한다.

겉모습을 보고 신기해하면서도 들어가기를 망설이는 이들이 보인다. 아니, 들어갈 수 없는 곳이라고 여기는 것 같다. 들어가도 된다. 안으로 들어가면 어떤 질문이든 친절히 답해주는 해설사가 있다. 극장의 로비에 해당하는 넓지 않은 구역을 넘어가면 인상적인 광경이 눈앞에 펼쳐질 것이다. 판타지 영화 속의 한 장면처럼, 허름한 건물에 들어갔다가 마법의 세계를 맞닥뜨리는 느낌이랄까. 하늘이 뚫린 신화적인 공간이 방문객들을 기다리고 있다.

나무 벤치가 있는 곳이 예전에 극장 좌석이 있던 위치이고, 정면의 돌벽이 스크린이 있던 곳이다. 담쟁이가 정확히 벽면의 절반을 덮은 모습이 인상적이다. 태풍으로 날아간 지붕을 보수하지 않고 그대로 둔 것이 오히려 신화적인 분위기를 자아내고 있다. 주말에는 지금도 지역민들의 멋스러운 공연장으로 변신한단다. 비나 눈이 쏟아질 때 곤혹스럽긴 하겠지만, 살짝만 내린다면 그것 또한 꽤 운치 있을 듯하다. 남국의 별빛 아래에 반짝이 서귀포 관광극장의 외부 전경.

서귀포 관광극장의 열린 내부.

는 조명, 살랑살랑 불어오는 바람, 완벽하진 못해도 순수한 열정이 넘치는 아마추어 밴드의 노래와 음악…… 더할 나위 없이 아름다운 밤이다.

　이중섭 거리가 존재하는 이유는 이중섭 미술관 때문이다. 부잣집 막내아들에서 피란민으로, 가난한 예술가로 살아온 천재. 뒤늦게 명예를 드높이는 기회를 잡는가 싶었지만, 깊은 좌절과 병치레로 40년이라는 짧은 생을 살다 간 대한민국의 슈퍼스타 미술가, 그를 다시 찾아왔다.

　김환기, 박수근과 더불어 자랑스럽게 부르는 이름 이중섭. 각각 1913년, 1914년, 1916년생이니 동시대를 산 황금 트리오라고 불러도 좋으리라. 일제강점기와 한국전쟁의 참화를 차례로 겪은 굴곡의 역사가 오히려 그들의 창작열에 불을 지폈을까. 절절한 시대의 아픔이 잉태한 산물을 우리는 너무 편하게 감상하고 있는 건 아닌지 모를 일이다.

　남녘의 바다를 향해 서 있는 이중섭 미술관의 상징성에 비해 이중섭과 그의 가족이 제주에 머문 기간은 그의 인생에서 극히 일부분에 지나지 않았다. 전쟁이 터진 후 함경도 원산에 어머니를 남겨둔 채 부산으로 피란을 왔으나 이미 부산은 피란민들로 포화 상태였다. 결국 당국의 피란민 분산 정책에 따라 1951년 1월에 제주로 왔다가 그해 12월에 다시 부산으로 돌아갔으니, 제주에서 생활한 건 불과 일 년도 안 되는 기간이었다.

이중섭 미술관.

이렇듯 서귀포란 그에게 잠시 머물다 간 장소에 불과했건만, 사후에 이름을 드날리는 화가가 되면서 미술관이 세워지고 거처도 복원됐으며, 그의 이름을 딴 거리까지 조성되었다. 지자체 행정이 관광 수익을 위해 그야말로 '오버'한 것일까? 단연코 그렇지 않아 보인다. 그토록 짧았던 서귀포의 삶이 이중섭에게는 나머지 39년과도 맞바꿀 수 없는 소중한 추억으로 남았으니까 말이다.

평안남도 평원에서 태어나 함경남도 원산으로 이사한 이중섭은 일제강점기에 결코 쉽지 않은 일본 유학길에 오른다. 금수저가 아니고서는 불가능한 일이었다. 동경제국미술학교를 거쳐 좀 더 자유로운 학풍의 문화학원에서 그의 재능은 한껏 뻗어 나갔다. 평생을 죽도록 그리워한 그의 반쪽 야마모토 마사코(한국명 이남덕)를 만난 운명의 장소 역시 문화학원이었다.

이중섭을 잊지 못해 단신으로 한국을 찾은 마사코는 결국 꿈에 그리던 그와 가정을 꾸리게 된다. '남쪽에서 온 덕이 많은 사람'이란 뜻으로 이중섭이 '남덕'이라는 이름을 직접 지어주었다고 한다. 일본의 패망이 임박한 시점이었음에도 과감히 바다를 건너 사랑하는 연인을 찾아온 그녀의 용기는 짐작할 수 없을 정도로 단단했을 것이다.

일찍 사망한 첫째 아들 이후 두 아들을 더 낳고 살던 부부에게 유일한 기억 속 파라다이스는 오로지 '서귀포'였다. 곤궁한 삶을 벗어나고자 다시 부산으로 거처를 옮기고, 이중섭이 자녀

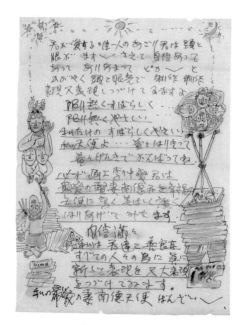

〈부인에게 보낸 편지〉, 종이에 잉크, 색연필,
26.5×21cm, 1954년, 국립현대미술관 소장.

이중섭이 부인 이남덕에게 보낸 편지에는
절절한 그리움과 사랑이 담겨 있다. 편지의 내용은 대략 이렇다.

"(…)끝없이 훌륭하고, 끝없이 다정하고,
나만의 아름답고 상냥한 천사여.
더욱더 힘을 내서 더욱더 건강하게 지내줘요.
화공 이중섭은 반드시 가장 사랑하는 현처 남덕 씨를 행복한 천사로 하여
드높고 아름답고 끝없이 넓게 이 세상에 돋을새김해 보이겠어요.
자신만만 자신만만. (…)"

들의 미래를 염려해 부인 이남덕과 두 아들을 일본으로 보낸 뒤에는 오직 그리움만 오고 갈 뿐이었다. 한때 일본에서 잠깐 재회하긴 했지만, 가족이라는 이름으로 하나가 되어 섞일 수 있는 보금자리는 푸른 바다 위 섶섬이 보이는 '서귀포의 초가'가 유일했던 것이다. 그의 그림에서 '소'만큼이나 많이 등장하는 어린아이와 수많은 게는 그리워 잊지 못하는 서귀포 앞바다의 추억 그 자체가 아니었을까.

아내와 두 아들을 그리워하다 결국 무연고자로 쓸쓸히 숨을 거둔 이중섭. 구상, 박고석 같은 벗들이 그의 장례를 지켜주었지만, 바다 건너에 남겨둔 사무치는 사랑의 대상을 끝내 보듬지 못한 안타까움이 그를 추모하는 모든 이들의 가슴을 먹먹하게 만들 뿐이었다. 미소가 지어져야 마땅한 엽서 속 가족의 그림이 왜 이리도 미간에 잔뜩 힘이 들어가게 만드는지……. 지난 2022년 8월 13일 아내 이남덕은 101세를 일기로 세상을 떠났으니, 남편의 곁으로 가는 데 칠십여 년의 시간이 걸린 셈이다.

이중섭의 그림에는 그가 삶의 공간에 부여한 의미가 함축되어 있다. 희망과 열정이 가득했던 일본 유학 시절, 힘겹게 살아갔던 부산 피란 시절, 가난했지만 가족의 사랑이 가득했던 서귀포의 한때, 그리고 오로지 작품으로 승부를 보려 했던 통영과 진주에서의 시간들. 깍둑썰기를 하듯 나눠진 삶의 공간과 그림이 너무도 선명해서 되레 허망한 기분이 든다. 끝내 가족과 상봉하지 못한 채 망우리 공동묘지에 묻힌 그였지만, 이젠 저 하늘

이중섭, 〈섶섬이 보이는 풍경〉, 패널에 유채, 32.8×58cm, 1951년.

이중섭이 가족을 그리워하면서 그린 엽서.

멀리 보이는 섶섬.

이중섭과 가족들이 뛰어놀았던 서귀포의 자구리 해안.

에서 화려한 소달구지를 끌고 있을 거라 믿고 싶다. 그림 속의 그 자신과 똑같이 행복한 표정을 지으면서 말이다.

이중섭 미술관에서 바다 쪽으로 더 내려가 천지연 폭포로 향한다. 다른 계절이었다면 걸음 하나하나 여유로울 산책이 지금은 혹독한 고행길이나 마찬가지다. 뒤통수와 배낭을 달굴 대로 달구는 한여름 땡볕에 나만의 클래식한 코스는 빛이 바래고 말았다. 혹서기는 피해서 걸어야 고통 없이 감회에 젖을 수 있는 법이다. 그래도 위로가 되어준 것은 있었다. 수면에서 사정없이 되튀는 폭포수의 파편이 얼마나 달콤하던지. 과거 어르신들의 프로토타입 신혼여행 사진이 눈에 선하다. 신혼부부의 제주 여행 사진 중에는 왜 천지연 폭포 앞에서 찍은 '증명사진'이 그리도 많았을까. 수십 년간의 명성은 나름의 이유가 있는 법, 남국의 숲속에 자리한 천지연 폭포의 장쾌함은 그때나 지금이나 여전하다.

폭포를 감상하고 서귀포항 쪽으로 발걸음을 옮긴다. 이젠 정말 뙤약볕을 직통으로 맞으며 나무 한 그루도 없는 길을 가야 한다. 이쯤에서 되돌아가야 하나 싶었지만, 언젠가 KBS 제주의 로컬 프로그램인 〈보물섬〉에 나온 현장을 놓칠 수는 없었다. 서귀포 유람선 선착장 부근에서 언덕을 휘감고 올라가는 오른쪽 도로를 건너가면 무성한 풀숲이 보인다. 나뭇가지를 헤치고 들어가자 가공하지 않은 듯한 모양의 비석이 얼굴을 내민다.

천지연 폭포.

그날 〈보물섬〉에서 다룬 내용은 포경업에 관한 것이었는데, 제주에 살면서 처음 들어보는 이야기였다. 한때 제주에서 포경업이 번성했다는 생경한 내용이어서 볼륨을 키우고 귀를 쫑긋 세웠다. 포경 하면 일본이 아닌가. 그렇다, 일제강점기 일본인들은 무차별적인 고래 포획을 위해 이곳 서귀포항을 전진기지로 이용했다. 지금과는 바다 환경이 달랐는지 상당한 수의 고래가 잡혀 항구로 들어왔다고 한다. 고래 해체 작업이 쉼 없이 이루어진 탓에 서귀포항의 바다 색이 항상 붉은빛을 띠었을 정도였다. 울산 장생포와 흑산도를 고래의 피로 뒤덮었던 일본인들은 아름다운 서귀포 바다마저 죽음의 핏빛으로 물들였던 것이다.

서귀포항에서 출항한 일본의 포경선 '이나즈마마루'에는 비석에 새겨진 바와 같이 제주인을 포함한 열세 명의 선원이 탑승하고 있었다. 이 포경선은 1933년 11월에 행방불명되어 선원 모두가 조난당한 것으로 결론이 났는데, 바로 이 희생자들을 기리기 위해 이곳에 조난추도비가 세워졌다. 찻길 옆의 외진 풀숲, 아무도 주의를 기울이지 않는 곳에 제주의 또 하나의 아픈 역사가 서 있다. 다시 손님을 안내할 기회가 생긴다면 마땅히 추가해야 할 현장이다.

비석의 맞은편에 시원하게 솟아 있는 새연교에 오른다. 서귀포항과 새섬을 연결하는 다리로 야경의 명소이기도 하다. 지난 2009년에 개통되어 예전의 '클래식' 코스엔 존재하지 않았던 서귀포의 새로운 상징이다. 이 정도의 풍경을 조망할 수 있는 다

1933년에 조난당한 이나즈마마루의
희생자들을 기리는 조난추도비.

서귀포 야경의 명소, 새연교.

리가 세상에 몇 곳이나 있을까. 다리의 가장 높은 위치에서 보는 제주 바다는 한동안 넋을 놓고 바라보게 한다. 구름과 바다가 만들어내는 음영이 비현실적이다.

기억을 더듬으며 다시 찾은 예전의 코스엔 마땅히 더해져야 할 공간들이 존재하고 있었다. 아프고 슬픈 기억조차 온몸으로 안으며 제자리를 지켜왔던 사람들과 그들의 역사를 지켜보았을 땅과 바다와 바위들. 아무리 익숙한 공간이어도 볼 때마다 새로운 감성이 새록새록 돋아나는 이유는 무수한 이야기들이 세월과 비례해 그 안에 숨 쉬고 있기 때문이다.

이중섭 거리 그리고 그와 가족들이 살았던 초가집이 다시 그려진다. 이중섭의 짧은 인생에서 가장 반짝이는 시기였지만 어찌 행복한 순간뿐이었을까. 먹을거리가 부족해 게를 잡아먹을 수밖에 없었던 가장의 안타까움에 더해 불투명한 미래에 대한 고뇌가 한순간도 잊힐 리 만무했다. 그럼에도 그는 결국 아름다움을 이야기했고 환한 빛을 그려냈다. 좁디좁은 단칸방에서 더 행복할 앞날을 노래하는 이중섭과 가족들의 모습이 보이는 것만 같다.

조카 이영진이 서귀포 이중섭의 집을 찾았다가 벽에 씌어 있는 시를 외워 이중섭 사후에 발표했다고 한다. 지금도 이중섭 가족의 단칸방에 들어가면 그 시를 볼 수 있다. 제목은 '소의 말'. 가족들에게 한 마리 우직한 소였던 그가 진정으로 하고 싶

이중섭과 가족들이 함께 살았던
서귀포 초가의 외부와 내부 전경.

이중섭 가족이 살았던 단칸방.

었던 말이 아니었을까. 그토록 자주 걸었던 서귀포의 관광 코스는 참으로 애틋하면서도 따뜻한 공간의 연속이었다.

높고 뚜렷하고 참된 숨결

나려 나려 이제 여기에 고웁게 나려

두북두북 쌓이고 철철 넘치소서

삶은 외롭고 서글프고 그리운 것

아름답도다 여기에

맑게 두 눈 열고

가슴 환히 헤치다

—이중섭, 「소의 말」

해물탕과 아포가토

서귀포
소라의 성과
허니문하우스

프랑스어에서 느껴지는 그야말로 앙데팡당Indépendant한 발음 중에도 ʻrʼ의 오묘함을 따라잡을 요소는 찾기 힘들 듯하다. [ér]라고 표시된 기호를 책에 나와 있는 대로 그저 [에르] 하고 읽어버리면 어색하기 그지없다. 프랑스 단어 여기저기에 들어 있는 이 문제적 r은 입천장을 기술적으로 긁어줘야 제맛이 난다. 한글 자모로 최대한 표현해보려 해도 Paris는 [빠리]가 아니라 [빠 ㅎㅋ +ㅣ]라는, 존재하지 않는 자음의 결합이 있어야 할 지경이다. 프랑스어 회화의 기본이 되는 이 r 발음의 특이성은, 그래서 오히려 가장 쉽고 분명하게 프랑스어를 구별해낼 수 있는 단초가 되기도 한다.

샤를 에두아르 잔느레그리Charles-Edouard Jeanneret-Gris, 현대 건축의 아버지라 불리는 르코르뷔지에의 본명이다. 전통적인 관습에 얽매여 있던 건축 예술계의 심장부에서 과감한 개혁을 주창하며 세상을 바꾸고자 했던 그의 필명 중 하나가 바로 르코르뷔지에였다. 하긴 사람 이름 앞에 정관사 le가 있다는 것이 이상하긴 했다. 뭐 그러면 어떤가. 세상의 건축가 이름 중에 으뜸으로 세련되어 보이니 불만은 없다. 발음으로도 Le Corbusier는 에펠탑이 눈앞에 보일 듯 [르 꼬ㅎㅋ +ㅡ 뷔지에]라는 매력적인 음가를 가지고 있지 않은가. 본명이 쉽사리 떠오르지 않는 것은 전적으로 르코르뷔지에 그의 탓이다.

많은 사람들이 제주도의 삶을 꿈꾼다. 마당엔 감귤나무, 울타리는 현무암…… 얼마나 설레는 바람인가. 실제로 과감한 결정을 내려 대도시의 삶을 뿌리치고 제주에서 멋들어진 집을 짓고 사는 이주민들이 엄청나게 늘어났다. 이렇게 전원주택이 늘어나는 제주에서는, 시기별 트렌드에 충실했음이 분명히 드러나는 집들이 곳곳에서 목격되곤 한다. 제주의 대지는 곧 주택들의 런웨이나 마찬가지다.

그런데 정말 놀라운 것은, 21세기 대한민국 건축의 경향에 발맞춰 지어진 이 수많은 집들 중 상당수가 칠팔십 년 전에 르코르뷔지에가 추구하고 설계한 집들과 별반 다르지 않아 보인다는 사실이다. 필로티와 가로로 긴 창, 철근 콘크리트의 간결한 구조에다 내부의 구성도 자유롭다. 옥상 정원은 지금 시대에도 핫한 건축 요소 중 하나다. 많은 건축비평가들의 말에 따르면, 지금까지도 현대 건축의 커다란 부분은 르코르뷔지에가 시작했던 모험의 연장선에 불과하다고 한다.

르코르뷔지에의 신념이었던 건축의 기능화와 단순화 시도를 비판한 사람도 많았고, 그가 만들어낸 집단 주거체에 혐오감을 표현한 비평가도 부지기수였지만 시대는 결국 르코르뷔지에의 손을 들어주었다. 오히려 두 번의 세계대전을 거치며 열악할 대로 열악해진 유럽의 주거 환경에서 그의 표준화된 건축 방식은 되레 필연이 되어버렸다. 근래에 들어 몰개성의 주범으로 지목되는 것이 아파트로 대표되는 공동 주거체임을 부인할 수 없지만, 르코르뷔지에는 공동주택을 건설할 때조차 공간의 조화와 자연을 향한 조망을 끌어넣었다. 그러니 오히려 현대의 몰개성 문제를 풀 수 있는 힌트도 제공한 셈이 아니었을까.

유난히도 힘들었던 여름은 지나갔지만, 긴장감이 돈을 정도로 쨍한 공기를 들이마시기까지는 아직 한 달여는 더 기다려야 할 듯하다. 그래도 이만하면 괜찮다. 걷는 것이 불편하지 않은 날씨가 된 것만 해도 얼마나 반가운지. 지금 내가 찾아가는 곳이 잡지에 소개될 정도로 유명한 '해물탕집'이었던 시절에는 제주 여행 중에 무조건 한 끼는 묻지도 따지지도 않고 그곳에서 해결하곤 했다. 식당 건물에 대한 아무런 배경 지식이 없어도 해물탕을 먹기엔 과분한 곳임을 알아차렸으니, 실은 뭘 먹으러 갔다기보다 뭘 '보러' 간 김에 끼니를 해결했다는 편이 맞을지도 모르겠다. 그 음식점의 실체는 한참 뒤에, 어리석게도 제주에 정착하고 난 후에야 알 수 있었다.

정방폭포 주차장에 차를 세우고 관광안내소에서 방향을 물어보았다. 워낙 오랜만이라 길을 묻지 않고서는 찾아갈 수 없었다. 퇴근 후 불과 50여 분 만에 서귀포 바다가 지적인 산책길이 마법처럼 내 눈앞에 펼쳐진다. 이렇게 행복할 데가! 오른편에 바다를 끼고 정돈된 데크를 따라 초가을을 걷는다. 눈에 보이는 섶섬은 이중섭이 그림에 담을 정도로 멋졌던 것만큼이나 나에게도 친근한 풍경이 되었다. 태풍으로 고생이 많았을 바위와 절벽이 내뿜는 안도의 한숨은 상쾌한 향기가 되어 코끝에 전해진다. 5분 정도를 걸으니 기억 속의 그 해물탕집이 모습을 드러낸다. 'The Castle of Shell'이라는 영문 표기보다 한글 이름이 한층 어울리는 곳, '소라의 성'이다.

'소라의 성'은 르코르뷔지에의 '빌라 사보아'처럼 건축가가 지은 명칭이 아니다. 허탈하게도 옛 해물탕집 주인장이 지은 이름일 뿐이다. 식당 이름치고는 건물의 격을 크게 훼손하지 않은 듯하니, 주인장의 작명 센스에 그만하면 합격점을 줘도 될 듯하다. 1969년에 지어진 소라의 성은 공식적으로 설계자가 미상이지만, 전문가들은 이 건물이 대한민국 현대 건축의 선구자인 김

정방폭포 주차장에서 소라의 성으로 가는 데크 길.

소라의 성.

중업의 작품이라고 입을 모은다. 준공 연도를 떠올려보면 참으로 의아하지 않을 수 없다. 불과 50년 전의 건축물인데 누가 설계하고 지었는지 알 수가 없다니. 작품을 의뢰한 분의 후손이라도 나타나 속 시원히 답을 해준다면 최선이겠으나 설계와 축조 양식을 볼 때 김중업의 작품으로 확신하는 건축가들이 대다수이므로, 최선은 아니더라도 차선의 해답은 찾은 셈이라 여기는 편이 나을 것도 같다.

　평양 출신인 김중업은 일본의 고등공업학교 건축학과를 졸업한 뒤 귀국해 서울대학교 건축공학과 교수를 역임했다. 한국전쟁 기간에 부산으로 피란을 가서도 활발하게 활동했는데 이중섭과도 교류했다고 한다. 각자의 작품으로 제주에 연緣을 두게 된 것도 그들의 운명이었던가. 김중업은 1952년 이탈리아에서 열린 세계 예술가 회의에 한국 대표로 참가하면서 르코르뷔지에를 알게 되었고, 이 만남을 계기로 약 4년이라는 소중한 경험을 르코르뷔지에 건축사무소에서 쌓았다.

　물론 저명한 건축가 밑에 있었다는 이유만으로 김중업을 찬양할 수는 없다. 그는 르코르뷔지에 건축사무소라는 한정된 공간을 벗어나 프랑스와 유럽 전체가 인정하는 그만의 실력을 키웠을 뿐만 아니라 고국으로 돌아와 숱한 명작을 남겼다. 그의 필모그래피를 보면, 르코르뷔지에 양식만을 고수하지 않고 우리의 환경에 맞는 새로운 건축 양식을 끊임없이 시도했다는 사실을 알 수 있다. 이것이 그가 한국 현대 건축의 시조라고 칭해지

건축가 김중업(1922~1988년).

올림픽공원 상징 조형물.

구 제주대학교 본관.

는 이유가 아닐까. 한때 우리나라의 최고층 빌딩이었던 서울의 삼일빌딩과 추억의 명보극장, 친숙한 88올림픽 상징 조형물, 그리고 지금은 아쉽게도 헐린 구 제주대학교 본관 건물 등이 그의 대표작으로 손꼽힌다.

그곳에 깃든 스토리를 알고 난 뒤 다시 바라보는 대상은 전혀 다른 느낌으로 다가오기 마련이다. 어떻게 이런 바닷가 절벽 위에 건축 허가가 났을까 하는 의구심이 내내 꼬리를 물기는 하지만, 어쨌든 이제라도 소라의 성을 '작품'으로 느껴볼 수 있어서 다행이다. 이제는 두 눈 크게 뜨고 살펴볼 것이다.

한때 해물탕집이었던 소라의 성은 서귀포시가 매입해 지난 2017년 관광객을 위한 쉼터 겸 북카페로 조성했다. 내부 한편에는 제주 관련 도서와 전통적인 베스트셀러 위주로 서가가 채워져 있다. 주변 관광지와 올레길 안내까지 해주는 해설사도 상주해 있어 여행자의 쉼터로 이만한 곳이 없을 듯하다.

외부를 찬찬히 둘러보니 애초에 이 건물은 결코 영업 활동을 위해 세워진 것이 아니라는 확신이 든다. 아무리 가볍게 보아도 별장쯤은 되지 않았을까. 건물의 격을 이야기하기에 앞서 일단 식당 건물로 기능하기엔 영 적합해 보이지 않는다. 주방은 도대체 어디였는지 가늠하기 어렵고, 음식을 담은 쟁반을 들고 1층과 2층을 오가기에는 너무도 불편한 구조다. 식당으로 바뀌기 전, 서귀포의 절경이 바라보이는 이 건물의 주인은 무슨 사연이 있어서 주거를 포기하게 되었을까.

여행자를 위한 북카페로 자리 잡은 소라의 성 외관.

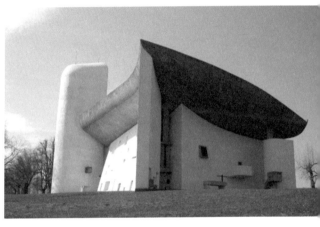

르코르뷔지에가 설계한 롱샹 성당, 프랑스 보주.

외관이 어딘가 익숙한 느낌이 드는 것은 예전에 와봤기 때문만이 아닌 듯했다. 르코르뷔지에의 영향을 받을 수밖에 없었던 김중업인데, 오히려 스페인의 자존심인 안토니 가우디의 작품이 연상되었기 때문이다. 르코르뷔지에도 그의 말기 작품인 '롱샹 성당'에서 비정형인 곡선의 공간을 창조해냈지만, 소라의 성은 아무리 봐도 가우디의 곡선에 가깝다. 나만의 인상일까? 르코르뷔지에보다 한 세대쯤 전에 가우디가 활약했다는 점을 고려하면 김중업의 파리 생활 시절에 가우디의 작품들이 이미 상세하게 분석되어 참고가 됐을지도 모를 일이다. 그것이 아니라면…… 김중업이 아닌 가우디의 제자가 제주도의 풍경에 반해 이 건물을 몰래 지어놓고 도망갔을 수도 있지 않을까? 공식적으로는 아직 설계자 불명이니 말이다.

르코르뷔지에의 작품 롱샹 성당의 지붕은 특이하게도 게딱지를 모티프로 했다고 한다. 이게 무슨 일인가. 김중업이 의도한 것은 아니겠지만 서귀포의 이 작품도 결국 '소라'의 성이라는 이름을 가지게 되었다. '해물'로 연결된 르코르뷔지에와 김중업, 이것도 인연이라면 인연인 것인지.

다시 걷는다. 기억 속 또 하나의 공간, '허니문하우스'가 이렇게 가까이 있는 줄 몰랐다. 제주에 오래 살았다고 지리에 통달할 수는 없지만, 그래도 인상 속에 깊게 새겨져 있던 이 두 공간이 이리 지척이었다니. 소라의 성을 지나 걸어온 방향대로 그대

허니문하우스.

로 나아가면 소정방 폭포가 나오고, 이어서 절벽 위에 지중해풍 리조트 건물을 만나게 된다.

이곳은 이승만 전 대통령의 별장으로 사용되다가 4·19혁명 이후 정부 소유의 허니문하우스로 운영되는 변화를 겪었다. 이어 1970년 민영화와 함께 파라다이스 그룹이 인수한 뒤 시설 보수 끝에 '파라다이스 호텔'로 개장해 큰 인기를 끌었지만, 결국 경영 악화로 2008년 한진그룹에 소유권이 넘어가게 되었다. 권력과 재력의 흥망을 감싸 안고 지켜본, 참으로 기구한 건물이다.

혹시나 하는 마음에 호텔에서 가장 가까운 바닷가 쪽에 위치한 건물로 가보니 카페가 예전처럼 영업을 하고 있었다. 노사의 대립으로 리조트 전체가 폐쇄된 기간이 길었던 탓에 별 기대 없이 건물이나 볼 요량으로 터벅터벅 걸어왔는데, 자리 잡고 앉아 더위도 식힐 수 있게 되었다. 아포가토를 주문했다. 팥빙수는 혼자 먹기에 양이 너무 많아 보였다. 진한 향의 커피와 시원한 바닐라 아이스크림을 한 번에 맛볼 수 있으니 적절한 선택이라고 스스로 고개를 끄덕였다. 하지만 단점도 분명하다. 아무리 천천히 먹어도 5분이면 끝. 안 그래도 녹기 쉬운 아이스크림에 커피까지 부었으니 제대로 음미할 시간이 있으랴.

바깥으로 나왔다. 허니문하우스는 마당이 백미이다. 절벽을 따라 산책로가 조성되어 있어 풍경에 압도된 관광객들은 입을 다물 줄 모른다. 그네를 타는 연인들은 곧 수채화의 일부가 된다.

허니문하우스에서 바라본 바다 쪽 풍경.

평소 애청하는 노래 수백 곡을 랜덤으로 들으며 드라이브하는 것은 무엇과도 바꿀 수 없는 최고의 힐링이다. 집으로 돌아오는 길에 시동을 켜고 오디오 버튼을 누르니 마침 성시경의 〈제주도의 푸른 밤〉이 흘러나온다. 제주에 살면서도 가끔 실감이 나지 않는 순간이 있다. 제주에 사는 내가 꿈속에 있는 것 같다. 많은 사람들이 황홀한 아름다움을 좇아서 오는 이 섬이 정말 내가 발을 딛고 있는 곳이 맞는지. 차 안 가득 흐르는 〈제주도의 푸른 밤〉이 이 아름다운 섬에서 보낸 시간을 거슬러 돌아보게 한다. 언제까지나 잊지 못할 공간들이 하나씩 스쳐 지나가며 차창을 떠나 허공으로 흐른다.

그 공간들 중에 다시 소라의 성이 떠오른다. 팔팔 끓던 해물탕도 보인다. 거센 바람에 절벽을 때리는 파도를 보며 식사를 하는 것도 꽤 운치 있다고 느꼈던 것 같다. 맛도 기억이 나는 것 같다. 짰다, 무척. 이제 와서 생각해보니 열어놓은 창문으로 강한 바람이 쉴 새 없이 몰아쳤었다.

그때의 해물탕이 짰던 것은
분명 바닷바람 때문이었다.
그리도 멋진 소라의 성에서 만든 해물탕인데
짤 리가 있었겠는가.

한 잔 하 고
헤 어 질 까 요?

한림읍 제주맥주
양조장

그렇게까지 부담스러워할 필요가 없었는데 의미 가득한 공간들을 찬미하려 들자 과욕의 무게가 덧대어졌다. 음식으로 치자면, 국립공원 초입에서 맛볼 수 있는 담백한 산채 비빔밥을 차리고자 했건만 맵고 짜고 달고 쓴 재료들을 욕심껏 버무린, 칼로리 폭탄의 괴식을 내놓아버린 셈이다.

제주의 인상을 추적하는 마지막 길, 가볍게 맥주 한잔하며 마무리하는 것도 그간의 미련함을 어느 정도 상쇄할 수 있는 방법이려니 싶다. 술의 원료인 물이야 제주 땅 아래에 흐르는 삼다

수를 자랑스럽게 내세우면 될 테니, 오히려 상쾌한 끝맺음일 수도 있겠다. 그러고 보니 애월 카페의 커피를 마시며 시작한 글을 결국은 술로 매조지게 되었다.

한라산 소주의 순수함과 제주막걸리의 중독성은 분명히 제주의 자랑이다. 맥주 이야기를 하기 전에 이것들로 목을 축여보자. 먼저 우도의 땅콩이나 감귤 성분이 첨가되었을 뿐인 막걸리가 아니라 백색 통에 담긴 전통 제주막걸리에 관한 이야기다.

제주의 식당에서 제주막걸리를 주문하면 흰색 뚜껑이 덮여있는 것을 볼 확률이 더 크지만, 도내 하나로마트에서 주의 깊게 살펴보면 막걸리의 뚜껑은 흰색과 초록색 두 종류가 있다. 결론은 단순하다. 흰색 뚜껑의 막걸리는 원료가 수입 쌀이고, 초록색 뚜껑은 국내산 쌀이다. 제주도민들에게는 상식이지만 이 사실을 아는 관광객은 의외로 많지 않은 것 같다. 뚜껑이 흰색이든 초록색이든, 둔감할 대로 둔감한 이 안타까운 입맛의 소유자에게는 그게 그거였다는 걸 실토해야겠다. 둘 다 맛만 좋았으니까. 그러나 혀끝을 휘감아 도는 알싸한 풍미에 온 신경을 집중하는 고품격 주당들은 뚜껑 선택에 자비란 없다. 제주막걸리는 무조건 초록색 뚜껑이라야 한다. 이 자존심을 버리는 것은, 단단히 구축된 탐라 애주가의 철옹성을 스스로 무너뜨리는 것과 다름없기 때문이다.

환희의 순간에도 상실의 시간에도 한잔 털어 넣어야 하는 소주는, 양 극단에 있는 감정을 모두 어루만질 수 있는 저력이 있다. 기뻐서 마셔야 하고 슬퍼서 넘겨야 하는, 축하와 위로의 기능을 긴 세월 동안 충실히 수행해왔다. 한편 변색된 나무 기둥처럼 진한 삶의 기억들을 몸속으로 흡수시키는 데에는 막걸리만한 것이 없다. 그러나 시간이 흐르면서 그 역할에 큰 변화가 생긴것 역시 부정할 수 없다. 요즘에는 막걸리가 고되고 궁색한 현실을 잠시나마 잊기 위한 묘약으로 소용되기보다는 소믈리에 못지않은 비장함으로 상찬해야 할 대상이 되어버린 것이다.

그에 비해 맥주는 일관성이 있어 보인다. 퇴근 후 동료들과술잔을 부딪치며 변해가는 세상에 대한 뒷담화와 함께 그럼에도 살 만한 우리의 이야기들을 스스럼없이 털어놓는다. 매일은그저 그런 보통의 날들일 뿐이지만 '이만하면 괜찮은 날' 하루정도가 맥주를 들이켜기에 어울린다. 지나치게 아픈 상처를 머금은 채 생맥주 잔을 집어 드는 건 어쩐지 싱겁다. 그래서 적당히 무탈한 하루의 마무리에는 맥주가 무리 없이 선택되는 모양이다. 잔 속 토네이도의 신비를 머금은 폭탄주는 그렇다면 언제등장해야 할까. 탄생 자체가 섞임에서 비롯되었으니, 보다 격렬한 아픔이 있을 때나 한껏 중첩된 기쁨이 있을 때 등 종잡을 수없다. 물론 소주와 맥주의 비율에 따라 입속에 털어 넣는 이유는 달라질지 모르겠다.

제주 서쪽의 한림읍 금능 농공단지에 양조장이 하나 있다.편의점에서 자주 마주쳤을 하늘색 캔의 고향이 바로 이곳이다.

한림읍에 있는 제주맥주 양조장.

제주맥주 양조장 투어 과정.

배우기보다는 마시기에 전념하고픈 마음이 간절하지만, 제대로 마시기 위해서는 먼저 알아야 하지 않겠는가. 미국 밀워키에서 '밀러 맥주 공장 투어'를 경험한 적이 있으나 한가로운 관광객의 견학 이상은 아니었다. 하지만 오늘은 학구열에 가득 찬 연구원의 자세로 양조장의 문을 열어젖히고 투어의 대열에 힘차게 합류한다.

보리, 홉, 물과 효모 등 맥주 제조에 필요한 네 가지 필수 요소에 대한 설명을 듣고 양조장 내부를 제조 공정 순으로 돌아본다. 알기 쉽게 안내하는 가이드의 역량에 더해 '맥주의 정석' 기본 편쯤은 떼고 온 듯한 참가자들의 해박함으로 투어의 효율은 하늘을 찌를 듯한 기세다. 특히 발효 방식에 따른 맥주의 종류를 설명할 때는 맥주 애호가들의 눈빛이 하이네켄의 붉은 별보다 더 반짝거린다.

맥주의 종류를 가장 단순하게 나누자면 당연히 에일ale과 라거lager로 양분되지 않을까? 각각 상면 발효와 하면 발효라는 발효 방식의 차이 정도로 기억하면 되겠지만, 조금만 더 들어가 보자.

상면 발효 맥주는 거품과 함께 위로 떠오르는 성질을 갖고 있는 효모를 이용해 만드는 맥주다. 비교적 짙은 색에 과일 향 등의 풍미가 진한 편이다. 쌉쌀하고 무거운 맛을 내는 것이 보통이고, 상대적으로 높은 온도에서 숙성돼 알코올 도수도 높다. 흔히 에일이라고 부르는 맥주가 상면 발효식 맥주다. 술의 역사에

발효 중인 맥주.

투어 참가 후 맛볼 수 있는 네 종류의 샘플 맥주.

서 먼저 주인공이 된 맥주라고 한다. 맥아를 볶는 기술이 섬세하지 않던 시절에 검게 태워진 맥주보리로 생산된 것이 짙은 갈색의 포터porter였고, 점차 볶는 방식이 개량되면서 한층 옅어진 페일 에일pale ale이 등장했으니 포터는 에일의 원조나 다름없다고 할 수 있다. 식민지 개척 시대의 영국에서 인도로 보낼 목적으로 만들어진 IPAIndia Pale Ale와 미국에서 생산된 APAAmerican Pale Ale, 그리고 밀맥주인 바이젠과 흑맥주인 스타우트가 이에 속한다. 알려진 상표로는 호가든과 기네스, 그리고 대부분의 수제 맥주, 즉 크래프트 비어 업체에서 생산된 맥주가 상면 발효의 결과물이라고 보면 되겠다.

하면 발효는 당연히 그와 반대로 아래로 가라앉는 효모를 이용해 술을 만드는 방식이다. 상면 발효에 비해 낮은 온도에서 숙성돼 청량감이 더할뿐더러 알코올 함량도 낮아 부담 없이 시원하게 마실 수 있다. 밝은 황금색을 띠고 있는 라거가 대표적인 하면 발효 방식의 술이라 할 수 있는데, 우리나라의 카스와 하이트를 비롯해 칭다오, 버드와이저, 하이네켄, 칼스버그 등 전체 맥주 시장에서 70퍼센트 이상을 차지한다.

보다 대중적인 맛에다 알코올 도수도 낮고 보관이 용이하다는 장점 때문에 라거가 급속히 전 세계로 퍼져 나갔지만, 요즘은 다시 무게의 추가 소규모 에일 맥주로 조금씩 옮겨 가고 있는 듯 보인다. 에일은 꽃이나 과일의 향을 개성 있게 첨가하기 쉽다는 장점이 있어서 나만의 맥주를 원하는 소비자들을 만족시킬 수 있기 때문이 아닐까.

라거와 에일이라는 단순한 구분 다음의 하위 카테고리는 정신을 못 차릴 정도로 가지가 뻗어 나간다. 라거만 해도 체코에서 탄생한 필스너를 비롯해 페일 라거, 라이트 라거 등이 있고, 에일의 종류로는 벨지안 에일, 프렌치 에일, 윗 비어, 포터 등 헤아리기 힘들 정도의 맥주들이 각각의 개성을 자랑하며 애주가들을 유혹하고 있다.

많은 사람들에게 맥주가 사랑받는 이유 중 하나도 이처럼 선택의 폭이 넓다는 데 있지 않을까. 전 세계에서 생산되는 수많은 맥주 중에서 내 입맛에 맞는 것을 고르는 과정 자체가 행복이다. 심지어 우리나라에는 그 자체로 맥주 박물관인 듯한 '세계' 맥주 전문점까지 있지 않은가. 카테고리화된 특성의 구분은 두근거리는 선택의 기쁨을 한층 배가시킨다.

제주에서 수제 맥주를 만들어야 하는 이유는 충분하다. 청정한 지하수가 땅속에 흐르고 있는 데다 청보리밭에서 수확해 싹을 내어 만든 맥아는 천상의 맛을 내기 때문이다. 물과 맥아가 마련되었으니 홉과 효모만 첨가하면 될 뿐이다. 많은 양조업체들이 제주로 몰려드는 건 그래서 당연한 일인지도 모른다.

이런 상황이라면 제주도 행정 당국이 맥주 산업을 위해 아예 발 벗고 나서는 게 어떨까. '제주'의 이름을 달고 나올 수많은 맥주들에 일정 수준 이상의 질을 요구할 주체가 있으면 품질이 더욱 향상될 수도 있으니 말이다. 행정의 간섭이 아닌 '관리'는 실제로 세계적인 브랜드를 키울 수 있는 요건이 되기도 한다. 기네스 맥주의 상징인 유명한 황금색 하프는 아일랜드의 국가 문양이기도 하다. 국가와 양조업체가 손잡고 나아갈 것을 결정한 뒤 기네스는 끝을 모르고 승승장구하게 된다. 덴마크의 대표 맥주인 칼스버그는 또 어떤가. 1904년 왕관 문양의 사용을 허가받으며 왕실의 공식 맥주로 선정된 후 매출이 급상승할 수 있었다. 맥주 산업의 본거지로 제주를 선택한 양조업체가 청정 이미지에 걸맞은 맥주의 품질을 구현해내고, 자격을 갖춘 업체에 대해 행정 당국에서 확실한 지원 사격을 해준다면, 제주 맥주 산업의 비약적 발전을 충분히 꿈꾸어볼 만하다.

무려 기원전 4000년에 수메르인에 의해 걸쭉한 맥주가 발견되었지만 양조 기술을 발전시킨 이들은 켈트족과 게르만족이었으니 맥주에 관해서만큼은 유럽을 돌아볼 수밖에 없다. 맥주의 양조 기술 자체는 후발주자라 해도 얼마든지 추월할 수 있기에 그리 부럽지 않다고 해도, 맥주를 마시는 '공간'만큼은 눈을 흘기게 될 정도로 탐이 나는 게 사실이다.

독일의 비어가르텐Biergarten은 이름 그대로 '맥주의 정원'이다. 야외에 테이블과 의자를 내놓고 퇴근길의 독일 국민들을 맞이하는 유혹의 공간이다. 겨울철엔 물론 실내에서만 운영하고, 간판만 비어가르텐을 내걸었을 뿐 야외 매장이 없는 곳도 있으나 이곳은 단순히 맥주를 마시기 위한 공간만이 아니다. 무뚝뚝

한 독일 사람들이 수다쟁이로 변신하는 무대이자 국민의 여론이 결정되는 광장인 것이다.

독일 내에서도 제일가는 맥주의 도시 뮌헨의 호프브로이하우스만 한 예가 또 있을까. 국영 양조장이었던 호프브로이하우스는 19세기 초에 일반인에게도 개방되면서 뮌헨 시민의 사랑을 받는 명소가 되었다. 단골 명단에 모차르트와 레닌의 이름이 있는가 하면, 아돌프 히틀러가 대중을 상대로 수차례 선동 연설을 한 역사적인 비어가르텐이 이곳이었다. 3천 명에 가까운 수용 인원을 생각해볼 때 그 이상의 선전전 무대는 흔치 않았을 게 분명하다. 연거푸 들이켠 맥주로 알딸딸해진 애주가들을 상대로 연설했을 테니, 공격적인 주장일수록 전달 효과가 한층 더 컸을 듯하다.

그런데 여름밤의 낭만을 즐길 수 있는 독일 비어가르텐 형태의 술집이 영국과 아일랜드에서는 어울리지 않는 공간이 되어버린다. 연중 싸늘한 날씨에 안개와 비가 잦은 이 섬나라들에선 축구 경기가 중계되는 어두침침한 펍이 제격이다. 제임스 왓슨이 DNA의 나선형 구조의 비밀을 찾았다며 처음 환호한 장소도 펍이었고, 셰익스피어를 비롯한 대문호들이 명작을 집필한 곳도 펍이었다. 비어가르텐과 마찬가지로 여론이 형성되는 사회적 공간이었음은 두말할 나위가 없다.

굳이 많은 돈을 들여 빛나는 외관을 갖추지 않아도 괜찮다. 제주의 넘실대는 청보리를 조망할 수 있으면서 중산간 전통의 초가를 기본으로 한 제주만의 비어 가든, 제주만의 펍이 탄생한다면 얼마나 좋을까.

이런 상상을 해본다. 때는 노을이 짙어지는 저녁 무렵, 돌담이 둘러진 마당에선 제주 보리로 만든 청정 맥주를 들고 넉동배기에 열중인 어르신들이 보인다. 안으로 들어가니 대도시에서 온 듯한 관광객들이 '감귤 에일'을 마시며 감탄사를 연발한다. 정식 오픈을 앞둔 맥줏집의 스태프들은 이 멋진 공간의 이름을 짓느라 여념이 없다. '지꺼진(기쁜) 마당'이 좋다, 아니 '청보리 드르(들판)'가 낫다는 의견이 팽팽히 맞선다. 새로운 제주의 맥줏집 이름은 아무래도 한 차례 모임을 더 가진 뒤에야 결정될 것 같다. 좀 늦어지면 어떤가. 이젠 펍에 갈 필요도 비어 가든에 갈 필요도 없다. 제주어로 불리게 될 퇴근길 쉼터가 생긴다는 소식에 직장인의 마음은 두근거리기까지 하는 것을.

제주맥주 양조장의 견학을 마치고 서귀포시의 한 수제 맥주 전문점으로 향했다. 라거와 에일 중 오늘은 에일을 집중적으로 탐하고자 한다. 수제 맥주를 뜻하는 '크래프트 비어'의 제조 공정을 돌아보며 제주맥주의 가능성을 확신할 수 있었으나, 이대로 생산량이 계속 늘어나기만 한다면 크래프트라는 단어를 더 이상 쓸 수 없을지도 모르겠다는 조바심도 들었다. 판매량을 늘려 매출을 높이는 방식으로 갈지, 제한된 수량을 유지해 영원히 수제 맥주로 남을지는 전적으로 업체의 결정이겠다. 아무쪼

봄, 제주의 보리밭.

서귀포 시내의 수제 맥주 전문점.

록 제주의 명성에 누가 되지 않는 명품 맥주를 만들어주기만을 바랄 뿐이다.

출근길, 환승역을 바쁘게 걸어가는 수많은 인파 속의 한 점이 되는 게 무엇보다 싫었다. 하늘이 보이지 않는 마천루의 분지에서 마주 오는 사람들과 어깨를 부딪치기 싫었다. 유독 잘나서가 아니다. 그저 견디지 못할 뿐이다. 물론 도시라는 공간이 각자의 의미를 단편적으로 규정하는 것은 아니다. 스스로가 생각하는 공간 속의 나 자신의 의미가 중요할 테니까. 뿌리 굳건한 나무처럼 흔들림 없이 살아가는 도시의 수호자들이 위대해 보인다. 거칠게 단련되지 못한 탓에 메트로폴리스 내부에서 관계의 잔뿌리를 뻗쳐갈 능력이 없는 나 자신이 한스럽지만 어쩔 수 없는 일이다.

제주에 대해 여러 이야기를 풀어봤지만 이 상처 많고 아름다운 섬에 실례가 된 것은 아닌지 뒤늦은 걱정이 가득이다. 과연 이 땅에 서린 기운을 제대로 느끼고 이해했는지, 삭힌 맛을 내지 못하고 겉절이로만 상을 차린 것은 아니었는지 말이다.

언제였던가. 아는 것이 코끝에 걸리지 않고 내부에서 안정되기를 바란다는 소설가 박완서의 문장에 망치로 얻어맞는 듯한 충격을 받았다. 얇고 허약해서 단단하고 깊이 뿌리내리기를 간절히 원하는 가련한 인간에게 그 이상의 잠언은 없을 것 같았기 때문이다.

눈이 시린 청보리밭을 전경으로, 더 이상 고울 수 없는 바다의 노을을 배경으로 제주의 비어 가든이 들어선다면, 첫 잔을 들고 거품을 탐미하기 전에 소원부터 빌 생각이다.

제주의 모든 기억과 기운이
나의 내부에 온전히 들어와
나 자신과 하나가 되기를.

다시 그리움으로

닫는 글을 정리하며 앉아 있는 이곳은 강릉시 강문해변이다. 바다가 코앞에 보이는 카페의 한구석에 앉아 있다. 20년 가까운 짧지 않은 시간의 제주 생활을 잠시 멈추고, 신입 아나운서 시절을 보냈던 고장 강릉으로 다시 터전을 옮기게 되었다. 제주의 공간을 그린 글을 탈고하는 무대가 제주를 벗어난 곳이라니, 이 느낌을 뭐라고 표현하면 좋을지 모르겠다.

제주는 선물이었다. 무자비하도록 아름다운 탐라의 품에 오랜 시간 안길 수 있었다는 건 얼마나 큰 행운이었는지. 제주의 오름에, 제주의 바다에, 제주의 모든 것에 그저 감사할 뿐이다.

모든 제주엔 사람이 있었다. 인적이 드문 공간을 찬양하다가도 결국 마음속에 내려앉는 꽃잎은 소중한 사람들뿐이었다. 제주에 대한 찬양이 곧 사람에 대한 찬사에 다름 아니라면, 이 세상은 한 번 더 감사할 것투성이다.

스스로 빛나려 하지 않고 밝은 빛을 반사할 수 있으면 좋겠다. 번지르르한 이성과 지식이 엷게 도포되어 있는 피부를 갖기보다는, 감정의 솔직함이 녹아든 피를 순환시키고 싶다.

　　여기까지 오느라 수고하셨습니다.
　　한없이 부족한 이방인을 오래도록 안아주었던
　　제주라는 섬에 이 글을 바칩니다.
　　그동안 감사했습니다.

진심, 제주!

ⓒ 이영재, 2022

초판 1쇄 발행 2022년 10월 24일

지은이	이영재
펴낸이	김철식
펴낸곳	모요사
출판등록	2009년 3월 11일 (제410-2008-000077호)
주소	10209 경기도 고양시 일산서구 가좌3로 45, 203동 1801호
전화	031 915 6777
팩스	031 5171 3011
이메일	mojosa7@gmail.com
ISBN	978-89-97066-77-3 03810